AF397747

Christine Brendle

# Ein Cottage in Maine

## Als der Winter kam

Roman

C. M. Brendle Verlag

Impressum:

©C. M. Brendle Verlag, Albstadt
Neuauflage 2018
Umschlaggestaltung: C. M. Brendle Verlag
Printed in Germany
ISBN: 978-3-942796-16-3



9 783942 796163

# 1

Die Koffer sind gepackt, alles ist zur Abfahrt bereit. Noch einmal gehe ich durch das Haus, obwohl ich nicht glaube, dass ich etwas vergessen habe. Vielleicht benötige ich genau diese paar Minuten noch. Sonnenlicht durchflutet das Zimmer im Dachgeschoss. Der Himmel über Boston ist blau, blau und klar. Klar wie die Entscheidung. Klar wenigstens diese, sonst nichts. Welch ein Blick, der schönste im ganzen Haus. Wie ein glitzerndes Band fließt der Charles River breit und träge weit unter mir. Mein Arbeitszimmer. Hier wollte ich meinen Roman schreiben. Über einige Seiten bin ich nie hinausgekommen. Eine bleierne Lähmung hatte mich am Schreiben gehindert. Es lag nicht an diesem Raum. Eine tiefe Niedergeschlagenheit hatte mich überfallen in einer Zeit, die meine glücklichste werden sollte. Ich hatte einen schrecklichen Fehler gemacht.

Ich schließe das Fenster. Das Zimmer wirkt leer ohne den Computer und den Drucker. In den Körbchen auf dem leer geräumten Schreibtisch liegen einige Blätter. Notizen zu meinem Roman, Gedankenblitze, die sich in dem Augenblick, in dem ich sie zu Papier bringen wollte, als wertlos erwiesen. Zuunterst ist ein Zettel mit Maßen von Fenstern für Gardinenstangen und Vorhangstoff. Er stammt aus der Zeit ganz zu Anfang, als ich neue Vorhänge für Schlafzimmer und Bad nähen ließ. Ich hatte Pflanzen gekauft und über das ganze Haus verteilt. Alle meine Versuche waren vergeblich, Dans Haus wurde niemals zu meinem Haus.

Ich zerreiße die Blätter in kleine Schnipsel und werfe sie in den Papierkorb. Mein Bett im Schlafzimmer ist gemacht, als ginge ich nur für wenige Tage fort. Auch das Badezimmer habe ich unverändert gelassen. Meine Zahnbürste steht an ihrem Platz und mein zuletzt benutztes Parfüm. Bis zum Schluss hatte ich nicht den Mut, Dan die ganze Wahrheit zu sagen.

Er erwartet mich am Ende der Treppe. Die Gepäckstücke sind aus dem Flur verschwunden. Dan atmet schwer.

»War das alles, Karen?«

»Ja, es ist alles, danke Dan.«

»Gut, vielmehr hätte auch nicht ins Auto gepasst.«

»Dann werde ich jetzt Leo in seinen Container verfrachten.«

Der junge Kater liegt in seinem Körbchen und schläft. Als ich ihn heraushebe, rührt er sich kaum. Die Beruhigungstropfen, die ich ihm verabreicht hatte, wirken schon. Ich lege ihn behutsam in den Reisekorb und verschließe das Gitter.

»Wenn du wenigstens ihn hierlassen würdest, dann wüsste ich, dass du bald wiederkommst.«

»Dan, bei dir wäre er den ganzen Tag allein.«

»Manchmal glaube ich, du liebst ihn mehr als mich.«

»Aber du hast ihn mir doch geschenkt.«

»Er sollte dich aufheitern.«

»Das ist ihm ja auch oft gelungen.«

»Karen, du kannst es dir immer noch überlegen.«

»Jetzt?«

»Es ist ganz einfach, du rufst an und sagst, dass du es dir überlegt hast.«

»Ich habe es mir nicht überlegt, Dan.«

»Wir könnten vieles ändern, wir könnten öfter verreisen ...«

»Lass uns nicht wieder davon anfangen.«

Dan wirkt hilflos, wie ich ihn noch nie erlebt habe.

»Du wirst mir fehlen. Werde ich dir auch fehlen?« In seinen Augen schimmern Tränen. Plötzlich umklammert er mich. »Gibst du uns eine Chance?«

Ich spüre, wie mich ein Netz umspinnt, dichter und dichter. Es wird zu einem festen Kokon und macht mich starr und bewegungslos.

»Lass mich gehen, bitte, lass mich gehen.«

Er umklammert meine Hand. Ich fühle Ärger in mir hochsteigen.

»Du kannst es kaum erwarten weg zu kommen.«

Ich fühle mich plötzlich schuldig. Das gemeinsame Leben war unser beider Traum.

»Dan, auch für mich ist es nicht einfach.«

Endlich lässt er mich los.

»Okay. Meldest du dich?«

»Ja, aber gib mir Zeit.«

Ich drücke ihm einen Kuss auf die Wange, nehme den Korb mit dem Kater, drehe mich um und gehe hinaus, haste die paar Stufen hinunter, durch den kleinen Vorgarten, über den Fußweg bis zum Parkplatz, wo der vollgepackte Wagen wartet. Dan hinter mir her. Zeit, ich brauche Zeit. Ich bin froh, als ich endlich im Wagen sitze und losfahre. Nur kurz sehe ich Dan im Rückspiegel. Dann geht alles seinen Gang. Ich bin unterwegs. Niemand kann mich mehr aufhalten. Und auch ich selbst kann nicht mehr wanken.

# 2

In der Stadt staut sich der Verkehr. Es ist kurz vor neun Uhr, Berufsverkehr. Die geforderte Konzentration lenkt mich ab. Hinter Boston wird es ruhiger. Es ist der 28. August, die Sommerferien gehen ihrem Ende zu. Auf der Gegenfahrbahn kommen die Urlauber aus Maine zurück. In meine Fahrtrichtung ist nur wenig Verkehr. Ich fahre gegen den Strom und auf dem Highway ist das endlich einmal von Vorteil. Bäume fliegen an mir vorbei, Möwen. Oder fliege ich? Dunkelblau blitzt der Atlantik durch Häuser und Gebüsch. Ich lasse alles hinter mir. Dan, Rita, Robert, die Anrufe und Briefe meiner Eltern, ihre Enttäuschung. Sie hätten mich so gern als Ehefrau und Mutter gesehen. Ein Traum, so nah, und nun so jäh zerbrochen. Ein Leben mit Familie, das entsprach auch meinem Lebensideal: Meine Mutter, wie hübsch sie immer war mit ihrem kurzen brünetten Haar und wie glücklich an der Seite meines Vaters. Und Dad, mein über alles geliebter Dad, immer ruhig und freundlich, prägte mein Bild von einem perfekten Ehemann. Auch meine Großmutter war glücklich in ihrer Ehe. Zwar war ihr erster Mann sehr früh gestorben, doch »Großvater Paul« hatte die Lücke bestens ausgefüllt. Glückliche Frauen, seit Generationen. Plötzlich begegneten sie mir überall, junge Ehefrauen und Mütter, zufrieden, freundlich, patent, selbstgefällig, mit rosigen, pausbackigen Engeln in Kinderwagen oder an der Hand. Es schien das Natürlichste auf der Welt zu sein. Nur ich war offensichtlich dafür völlig ungeeignet. Diese Gedanken regen mich auf. Ich schalte das Radio ein. Musik erklingt. Pop-Musik, fröhlich und leicht, passend zum vorbeiziehenden Spätsommertag, blau und unbekümmert, als hätte dieser Sommer gerade erst begonnen und nicht, als ginge er bereits seinem Ende zu.

Überraschend schnell bin ich in Portland, danach in Yarmouth, Freeport, Brunswick und Bath. Im Intown Pub kann ich den Schlüssel abholen. Grace ist hinter der Theke beschäftigt. Die Kneipe ist voll, es ist Lunchzeit. Sie entdeckt mich erst, als ich unmittelbar vor ihr stehe.

»Oh, Sie sind schon hier? Ich habe Sie nicht so früh erwartet.«

»Ja, es war wenig los auf dem Highway. Ich dachte schon, in Maine ist niemand mehr.«

»Wie Sie sehen, sind noch genug Leute hier. Allerdings sind bei mir nicht so viele Touristen, mehr die Leute, die immer hier leben. Warum setzen Sie sich nicht, möchten Sie etwas essen?«

Nach einem kurzen Blick in den überfüllten Raum beschließe ich, sofort weiter zu fahren. Grace ist freundlich, wie sie es auch im Frühjahr war, trotzdem fühle ich eine seltsame Scheu in ihrer Nähe.

»Ich werde besser gleich fahren, mein Kater ist im Wagen. Er hat zwar etwas zur Beruhigung bekommen, doch er wird bestimmt bald aufwachen und dann wohl ziemlich verstört sein.«

Grace wirkt etwas verwundert, aber sie bedrängt mich nicht weiter.

»Finden Sie den Weg?«

»Ich denke schon.«

Sie erklärt mir noch einmal kurz die Zufahrt zur 209. »Auf ihr fahren Sie bis Popham Beach. Kurz nach der Einfahrt zum Nationalpark geht es rechts ab.«

Beinahe hätte ich die Abzweigung doch verpasst. Der schmale Weg ist während des Sommers fast zugewachsen. Im letzten Augenblick reiße ich das Lenkrad herum und biege in das grüne Dickicht ein. Langsam rolle ich vorwärts. Das Laub streift raschelnd an den Seiten des Wagens entlang. Kurz danach öffnet sich die Blätterwand, und alles ist wie in meiner Erinnerung. Sanft schaukelnd liegt die unendliche Fläche des Atlantik vor mir. Am Strand ist niemand. Das kleine unscheinbare Holzhaus, dicht an den Wald gedrängt und mit der Vorderseite dem Meer zugewandt, wirkt mit seinen geschlossenen Fensterläden, als würde es schlafen. Ich fahre bis vor die Stufen, die über eine kleine Holzterrasse zur Haustür führen. Im Korb auf dem Beifahrersitz ist alles ruhig. Du meine Güte, wenn das Beruhigungsmittel nur nicht zu stark war. In plötzlicher Panik öffne ich das Gitter und rüttle das getigerte Fell. Leo bewegt sich, wacht jedoch nicht auf. Immerhin, er lebt.

Im Haus ist es dämmerig, und aufgeheizte Luft schlägt mir entgegen. Der Geruch ist mir vertraut. Es riecht wie im Ferienhaus meiner Großeltern am Michigansee. Fast augenblicklich fühle ich mich heimisch. Ich öffne die Fensterläden und lasse frische Luft herein. Die Räume hatte ich nur schwach in Erinnerung, am ehesten noch das Wohnzimmer mit den dunklen Holz- und Ledermöbeln. Die dämmrige, zum Wald gelegene Küche ist mit dem Notwendigsten eingerichtet, einem Herd, einem Kühlschrank, einem Schrank für Lebensmittel und Geschirr sowie einem Spülbecken am Fenster. In der Mitte des Raumes steht ein dunkler Holztisch mit vier Stühlen. Auf dem Tisch liegt ein Kuvert. »Für Karen« steht in großer, schwungvoller Schrift darauf. Der Brief ist von Clifford. Er wünscht mir einen schönen Aufenthalt.

*... Bei eventuellen Fragen wenden Sie sich an Grace. Sie betreut das Haus seit Jahren während meiner Abwesenheit und weiß über alles bestens Bescheid. Außerdem ist sie eine phantastische Lebensberaterin.*
*Vielleicht ergibt sich auch die Gelegenheit, dass ich selbst einmal vorbei komme. Ich würde mich über eine Fortsetzung unseres Gesprächs vom Frühjahr freuen.*
*Herzlichst Clifford*

Er hält viel von Grace, das hatte ich schon im Mai bemerkt, als er nach dem Interview darauf drängte, zum Lunch in ihr Lokal zu gehen. Es gäbe bei ihr die saftigsten Steaks und die größten Hamburger. Die beiden scheint eine langjährige Freundschaft zu verbinden. Ob sie einmal ein Paar waren? Doch im nächsten Moment erscheint mir diese Vorstellung absurd. Sie sind zu verschieden. Clifford ist eine starke Persönlichkeit, heiter und unkompliziert, Grace dagegen wirkt so nüchtern und herb. Hält sie mich für eine Freundin von Clifford? Oder was hatte er ihr gegenüber als Grund genannt, warum ich die nächsten Monate in seinem Haus wohnen werde?

# 3

Die Zimmer sind penibel aufgeräumt. Nichts erinnert daran, dass Clifford bis vor wenigen Tagen hier gewohnt hat. Hat er alles mitgenommen? Oder war das Grace? Es würde zu ihr passen. Ich werfe einen Blick in die Schränke. Gott sei Dank, Töpfe und Geschirr sind in ausreichender Zahl vorhanden. Das obere Stockwerk hatte ich bei meinem Besuch damals gar nicht gesehen. Nun stelle ich fest, ein einziger großer Raum mit Einbauschränken und einem Bett in der Mitte beansprucht beinahe die ganze Fläche. Daneben gibt es nur noch ein winziges Bad, das vermutlich irgendwann einmal vom Schlafzimmer abgezweigt worden ist. Eine altmodische weiße Badewanne steht darin, auf vier Füßen wie Pfoten. Mit einem weißen Plastikvorhang kann sie auch als Dusche benutzt werden. Das Waschbecken aus Porzellan ist modern und ziemlich groß, wie auch der Spiegel darüber. Mein Gesicht wirkt blass im gleißenden Tageslicht, und mein rötlich getöntes Haar verstärkt diesen Eindruck noch. Ich entdecke kleine Fältchen. Mein Gott, sehe ich alt aus! Wird man mit fünfunddreißig schon alt oder bin ich im vergangenen Jahr so gealtert? Ich hatte mir noch niemals Gedanken über das Älterwerden gemacht. Warum auch? Noch vor einem Jahr glaubte ich, mein richtiges Leben beginne erst. Doch was ist das, ein richtiges Leben?

Ich wende mich vom Spiegel ab und gehe wieder hinunter. In der Küche setze ich die altertümliche Kaffeemaschine in Betrieb und hoffe inständig, dass sie nicht explodiert. Das friedliche Gluckern beruhigt mich, und ich beginne, den Wagen auszuräumen. Gerade als ich meine mitgebrachten Nudel- und Reispakete in den Küchenschrank räume, höre ich endlich ein leises Miauen aus dem Korb. Erfreut öffne ich das Gitter. Leo wirkt etwas verschlafen, aber sonst okay. Ich kraule sein Fell und spreche ihm aufmunternd zu. Er schnuppert an meiner Hand, dann klettert er umständlich aus dem Korb. Verwundert macht er einige staksige Schritte. Ich fülle seine Futterschüssel, doch er riecht nur kurz daran, dann dreht er sich um und geht neugierig in Richtung Wohnzimmer. Ich folge ihm. Die neue Umgebung und die ungewohnten Gerüche scheinen ihn zu faszinieren. Durch das Fenster sehe ich einige Spaziergänger am Strand. Es ist schon beinahe vier. Ich gieße Kaffee in die größte Tasse, die ich finden kann, und gehe damit auf die Terrasse hinaus. Leo will mir folgen, doch eine Windböe lässt ihn zurückprallen. Wind hat dem verwöhnten Hauskater noch nie um die Nase geweht. Sein verdutztes Gesicht bringt mich zum Lachen.

»Gewöhne dich erst einmal an das Haus, da gibt es genug Neuigkeiten für dich.« Die Tür wippt zu.

Ich setze mich auf die verwitterte Holzbank. Am gleichen Platz saß ich im Mai dieses Jahres. Es war ein kurzer Aufenthalt nur, doch was hatte er alles in Bewegung gebracht. Es ging nur um einen kleinen Auftrag, aber es war meine erste Reportage als freie Mitarbeiterin für Globus. Für den Reisezeitschriften-Verlag hatte ich bis vergangenen Herbst als fest angestellte Mitarbeiterin beinahe die ganze Welt bereist. Nach acht Monaten Abstinenz und eintönigem Hausfrauendasein erschien mir die kleine Aufgabe wie ein Rettungsanker. Vermutlich hatte sie mich in letzter Sekunde vor dem endgültigen Versinken in Lethargie und Depression gerettet. In Maine war ein neuer Freizeitpark eröffnet worden – mit Spaßbad, Fitnessräumen, Saunen und Solarien –, wie sie seit einigen Jahren in allen Teilen des Landes immer zahlreicher entstanden. Ihn sollte ich den Lesern vorstellen sowie die ihn unmittelbar umgebende Region. Das Schwimmbad stellte sich als wenig spektakulär heraus, dafür bezauberte mich die Landschaft umso mehr.

Mich faszinierte die zerklüftete Küste mit ihren malerischen Häfen und Leuchttürmen, die Unendlichkeit der Ahornwälder, der Charme der oft nostalgisch gemütlichen Kleinstädte. Die Hummer schmeckten hier köstlicher als irgendwo anders auf der Welt. Clifford traf ich gegen Ende meines Aufenthalts. Der Schauspieler des Brunswick Music Theaters bereitete sich gerade auf seine 25. Sommersaison vor. Nach dem Essen im Pub hatte er mich in sein Haus am Strand von Popham Beach eingeladen.

»Sie können unmöglich nach Boston zurückfahren, ohne meinen Strand kennen gelernt zu haben. Wenn Sie ihn nicht gesehen haben, kennen Sie die Gegend nicht«, hatte er behauptet.

Der lange, für die Region ungewöhnlich flache Sandstrand überraschte mich sehr. Das gemütliche Holzhaus hatte eine heimelige Atmosphäre, und der Blick von der Terrasse ließ mich begeistert ausrufen: »Was für ein herrlicher Platz, hier könnte ich schreiben!«

Dann erzählte ich ihm von meinem angefangenen Roman, an dem ich seit Monaten keine Zeile mehr geschrieben hatte, und Clifford machte mir sein Angebot.

»Kommen Sie hierher. Von September bis April arbeite ich in New York, während dieser Zeit steht das Haus leer. Ich würde mich freuen, wenn Sie es bewohnen. Diese Landschaft ist voller Magie, für Künstler ideal.«

Damals hatte ich lachend abgelehnt, doch der Gedanke ließ mich nicht mehr los. Er hatte sich eingenistet, wuchs von Tag zu Tag, und bald konnte ich an nichts anderes mehr denken. Ich stellte mir vor, wie es wäre, einfach ins Auto zu steigen und wegzufahren. Ich müsste niemandem etwas erklären, wäre einfach fort, und keiner wüsste wo. Ich könnte morgens und abends an der Geschichte schreiben, mich zwischendurch bei langen Spaziergängen entspannen, und einige Monate später würde ich mit dem fertigen Manuskript wieder auftauchen. Und in der Zwischenzeit hätten sich alle meine anderen Probleme aufgelöst.

Zurück von meinem Aufenthalt in Maine wurden mir die Tage in Boston noch unerträglicher. So rief ich eines Tages Clifford an und nahm sein Angebot an.

Ein Bündel Sonnenstrahlen fällt auf mein Gesicht. Entspannt schließe ich die Augen. Sanft streicht der Wind über meine Haut. In Boston ist jetzt Rushhour. Unzählige Autos verstopfen die Straßen, Lärm und Gestank erfüllen die Luft. Wie unendlich weit entfernt erscheint mir das alles. Viel weiter als nur drei Autostunden. Mit einem Mal wird es kühl. Die Sonne ist verschwunden, Dämmerung bricht herein. Am Strand ist niemand mehr. Der Atlantik schimmert geheimnisvoll wie dunkelblaue Tinte. Stille umhüllt mich. Mich fröstelt und ich gehe ins Haus. Leo begrüßt mich freudig. Ich nehme ihn auf den Arm und drücke mein Gesicht tief in sein Fell.

Bis spät in die Nacht verrücke ich Möbel und räume die Schränke ein, nebenher trinke ich den schweren roten Wein, den mir Dan zum Abschied mitgegeben hat. Irgendwann löst sich der Tag von der Zeit. Was war das? Ein dumpfer Schlag lässt mich hochschrecken. Im Raum ist grelles Licht. Geblendet schließe ich die Augen und sinke wieder in die Kissen zurück.

»Leo, was willst du schon?« Mit geschlossenen Augen kraule ich sein Fell. Ich fühle mich zerschlagen. Von draußen höre ich das Rauschen der Wellen und Möwengeschrei. Im Tageslicht verblassen letzte Fetzen eines Traumes. Ich war durch das Verkehrschaos einer fremden Stadt geirrt. Irgendwann verlor ich meine Schuhe und die Handtasche. Ich winkte den vorbeifahrenden Taxis, doch keines blieb stehen. Barfuß lief ich die zurückliegenden Stationen ab. Viele liegengelassene Handtaschen und Schuhe wurden mir gezeigt, meine waren nicht dabei. Es schienen jedoch viele Menschen ihre Handtaschen und Schuhe zu verlieren.

Erleichtert wird mir bewusst, wo ich bin. Du meine Güte, es ist ja schon zehn Uhr, mitten am Vormittag! Wann war ich nur ins Bett gegangen? Hatte ich zu viel Wein getrunken? Ich tappe nach unten. Der große Wohnzimmertisch steht am Fenster, darauf sind Computer und Drucker aufgebaut. Der Arbeitsplatz ist hergerichtet, einschließlich der fein säuberlich aufgebauten Papierstapel. Die Weinflasche steht in der Küche, sie ist leer. Jetzt brauche ich zuerst einmal Kaffee. Dann überlege ich es mir anders. Nur mit dem Bademantel bekleidet, gehe ich die wenigen Meter an den noch menschenleeren Strand. Kurz entschlossen laufe ich nackt ins Wasser. Die Kälte lässt meinen Atem stocken, doch schon nach wenigen Schwimmzügen bin ich hellwach. Als ich kurz darauf das Wasser verlasse, beißt ein kalter Wind mit spitzen Zähnen in meine nasse Haut. Fröstelnd wickle ich mich in den Bademantel und eile zum Haus zurück. Leo empfängt mich laut miauend.

»Hast du Hunger?« Erneut fülle ich seine Schüssel, und diesmal beginnt gierig zu fressen. Die Kaffeemaschine läuft, während ich unter die Dusche gehe. Das warme Wasser dampft, und mein Körper beginnt zu glühen, als wäre er von lauter feinen Nadelstichen übersät. Danach fühle ich mich besser.

## 4

Nach einem kurzen Frühstück setze ich mich an meinen Arbeitsplatz. Zum ersten Mal seit Monaten öffne ich die blaue Mappe. An das Geschriebene kann ich mich kaum noch erinnern. Ich überfliege die Seiten. Was ich lese, ist nicht gerade berauschend. Meine Hauptfiguren Sarah und Tom sind farblos und ohne Kontur. Die ganze Geschichte ist ein knochentrockenes Skelett. Ich erinnere mich an meine unzähligen Versuche, sie zu beleben. Doch die Sätze und Wörter kommen wie auf Stelzen daher, der Text scheint sich gegen mich aufzulehnen. Ich bekomme Zweifel. Stimmt etwas an der Geschichte nicht?

Mein Blick geht nach draußen. Ein roter Drache flattert am Himmel, steigt höher und höher, wiegt sich, scheint zu schweben, rast dann plötzlich den Strand entlang und beginnt zu zittern, zerrt beinahe wütend an einer nicht sichtbaren Schnur. Ich wünsche mir, er würde sich lösen und davonfliegen in das unendliche Blau.

Auch ich brauche Bewegung. Ich klappe die Mappe zu und gehe an den Strand. Bald bin ich mitten in einem fröhlichen Treiben. Das schöne Wetter hat viele Menschen an den Strand gelockt. An einer Stelle kreisen Möwen. Jemand füttert sie. Mit wildem Gekreisch stürzen sie sich auf die ihnen zugeworfenen Brocken. Der rote Drache zerrt an der Schnur, ein Vater versucht, ihn im Laufschritt zu bändigen. Zwei Kinder stolpern quietschend hinterher. Außer mir scheint niemand allein zu sein. Plötzlich fühle ich mich wie ein Fremdkörper in der fröhlichen Menge. Ich schlängele mich durch das Gewühl, pralle fast gegen eine junge Frau. Ein junger Mann folgt ihr, versucht sie zu fangen.

»Entschuldigung!« Hinter mir geht alles in einem ausgelassenen Gekicher unter. Ich gehe schneller. Die Menschen werden mir mit einem Mal unerträglich. Ich fühle mich erst wieder besser, als die Stimmen leiser werden und ich sie schließlich ganz hinter mir lasse. Nun höre ich nur noch das Rauschen der Wellen.

»Ab Herbst sind Besucher selten«, hatte Clifford gesagt. Mir kann das nur recht sein. Vielleicht war das sogar einer der Hauptgründe, warum ich hierhergekommen bin. Der Weg endet plötzlich. Ein hoher Fels und Steingeröll, das bis ins Wasser reicht, schneiden ihn ab. Ich habe gar nicht bemerkt, wie weit ich gegangen bin. Von den anderen Strandbesuchern ist nichts mehr zu sehen. Meine Hände sind gefüllt mit Muscheln, die ich unterwegs gesammelt habe. Es ist eine Leidenschaft, der ich an keinem Strand der Welt widerstehen kann. Wie die meisten Menschen bin ich fasziniert von diesen schönen filigranen Gebilden, die doch eigentlich nur die Hülle eines Lebewesens sind, das man kaum kennt. Ist es, weil sie aus der Tiefe des Meeres kommen, woher auch wir Menschen ursprünglich stammen? Oder beruht die Faszination auf ihrer Fähigkeit, Perlen zu bilden, als Reaktion auf eingedrungene Fremdkörper? Ich weiß es nicht. Ich setze mich auf einen der unteren Steinbrocken. Die Muscheln lege ich neben mich in den Sand, arrangiere sie zu einem Muster. Um mich ist nur noch das Anbranden der Wellen und ihr Gluckern zwischen den Steinen. In diesem Moment fühle ich mich selbst wie eine ans Ufer gespülte Muschel. Irgendwo dort, weit hinter dem Horizont, ist Europa. Paris, London, Berlin, Madrid und Rom. Meine erste Reise für Globus hatte mich nach Rom geführt.

Plötzlich überschwemmt mich Traurigkeit. Ich habe Rom vom ersten Augenblick an geliebt. Wie ein verzaubertes Kind war ich durch diese vor Leben vibrierende Stadt gerannt. Nachts konnte ich kaum schlafen, lag stundenlang wach in dem kleinen Hotel mitten im Zentrum. Bis in die Morgenstunden hörte ich das Knattern der Mopeds und das scheinbar niemals verebbende Stimmengewirr. Ich würde gerne über Rom schreiben, denke ich auf einmal. Warum spielt meine Geschichte nicht in Rom? Sarah, eine junge Amerikanerin, erlebt zum ersten Mal diese Stadt. Ich sehe sie in dem schmalen Zimmer mit der unendlich hohen Decke und den alten dunklen Möbeln. Ich sehe sie an der Spanischen Treppe, beim Kolosseum, beim Forum Romanum und am Trevi-Brunnen. Tom hieße nicht Tom, sondern Ricardo oder Roberto. Eine Liebesgeschichte könnte es sein. Eine zarte Geschichte, ruhig etwas anrührend und herrlich romantisch. Roma, eine Stadt, deren Name rückwärts gelesen bereits das Wort für

Liebe enthält: Amor. Welche Stadt wäre besser geeignet für eine Liebesgeschichte?

Halt, ich muss aufhören. Ausgerechnet ich, eine Liebesgeschichte. Der Gedanke erscheint mir plötzlich absurd. Ich erinnere mich an die Kette meiner unglücklich verlaufenen Liebesgeschichten in den letzten Jahren. Zuletzt das abrupte Ende meiner Beziehung zu einem Kollegen bei der Salem Post, so dass ich meine Stelle kündigte und zu Globus ging. Rita, meine Kollegin und beste Freundin, hatte das nicht verstanden. Sie reagierte traurig und wütend zugleich.

»Und alles nur wegen einem Mann! Wenn ich wegen jeder Trennung meinen Job wechseln würde, wäre ich nirgends länger als vier Wochen.«

Sie hatte recht, und doch ... Rita war eben anders als ich. Sie verliebte sich ständig. So schnell wie die Männer auftauchten, verschwanden sie auch wieder. Rita war dann für Stunden ein schluchzendes Häufchen Elend auf ihrem oder meinem Bett und schwor, sie würde sich nie wieder verlieben. Doch während ich noch wütend auf den Mann war, der meine Freundin so unglücklich gemacht hatte, kam sie wieder glückstrahlend und mit jenem verräterischen Seidenglanz in ihren Augen daher. Sie war soeben ihrem absoluten Traummann begegnet. Rita war ein Phänomen. Ich hatte beschlossen, mich nur noch auf meinen Beruf zu konzentrieren.

Ich wollte reisen, die Welt kennen lernen und erfolgreich sein. Zwei Jahre später lief mir Dan über den Weg oder besser gesagt vor den Teller. Es war in Boston, bei der Einweihung eines neuen Bürotraktes von Globus. Am kalten Buffet stieß ich mit meinem Salatteller gegen ihn. Danach rann weiße Salatsauce in kleinen Rinnsalen über sein dunkelblaues Jackett, und auf seiner Krawatte ringelte sich grüner Endiviensalat. Etwas weiter oben begegnete ich blauen Augen, die amüsiert lächelten. Meinen hilflosen Versuchen, in der Kaffeeküche die Flecken mit heißem Wasser zu beseitigen, folgte seine spontane Einladung auf die Dachterrasse des Restaurant Margarita, wo er auch ohne Jackett essen könne.

Es stellte sich heraus, der blonde, gutaussehende Mann war einer der Architekten, die den neuen Gebäudeteil geplant hatten. Etwas, woran ich nicht mehr geglaubt hatte, geschah. Der Mann, in den ich mich diesmal verliebt hatte, war ungebunden und außerdem treu. Zwei Jahre lang waren wir glücklich. Ich fühlte mich sicher und liebte ihn, bis ich jene verhängnisvolle Entscheidung traf.

Zwei Jahre nachdem wir uns kennen gelernt hatten, gab ich Dans Drängen nach, kündigte meinen Job und zog zu Dan in dessen Haus. Von da an änderte sich alles. Ich weiß keinen bestimmten Tag oder eine genaue Stunde, in der die Liebe ging. Sie ging leise und unbemerkt, war irgendwann zu einem Wort geworden, das schwer wog, ohne von Bedeutung zu sein.

Ich sammle meine Muscheln ein und begebe mich auf den Weg zurück. Das Durcheinander am Strand ist dichter geworden. Trotzdem erkenne ich manche Gesichter wieder. Die Szenerie hat sich nur wenig verändert. Der rote Drache liegt besiegt am Boden. Die beiden Kinder bauen Sandburgen. Das junge Liebespaar döst friedlich nebeneinander im Sand. Ihre Gesichter wirken jetzt noch jünger, ja beinahe kindlich. Was mögen sie wohl träumen, und was davon wird für sie in Erfüllung gehen?

Nein, ich werde keine Liebesgeschichte schreiben. Es wird keinen Ricardo oder Roberto geben. Ich werde über die Welt und das Leben schreiben, wie ich es kennen gelernt habe.

# 5

Im Haus wärme ich mir eine Dose Ravioli auf, und während ich im Topf rühre, sehe ich sie plötzlich deutlich vor mir: Sarah und Tom. Sie haben junge, vom Leben noch unbeschriebene Gesichter, weißen Blättern gleich. Sie ähneln dem Liebespaar vom Strand. Und nun weiß ich: Mit ihnen möchte ich mich auf den Weg machen. Ich werde sie beobachten beim Lachen, Lieben und Leben. Ich fühle eine Art Abenteuerlust in mir. Es ist, als begäbe ich mich wirklich auf eine Reise in ein fernes unbekanntes Land. Dabei ahne ich schon in diesem Moment, dass ich Entdeckungen machen werde, die für mein eigenes Leben von Bedeutung sind.

Beinahe von selbst ergibt sich ein neuer Tagesrhythmus. Ich stehe früh auf und gehe zeitig ins Bett. Nach dem Aufstehen schwimme ich, danach arbeite ich für mehrere Stunden. Anschließend unternehme ich einen ausgiebigen Spaziergang. Ich gewöhne mich schnell an mein kleines Haus. Sein Geruch nach Holz, Wasser und Sand erinnert mich an die Ferien meiner Kindheit in der Blockhütte am Michigansee. Auch seine Stimmen sind mir schnell vertraut, das Knistern und Knacken im Gebälk oder das Seufzen, wenn der Wind um seine Ecken streicht. Täglich wird es ein Stück mehr mein Haus. Bald liegen auf allen Regalen und Fensterbänken kleine Muschelarrangements, sind Gräser und Zweige in Vasen über das Haus verteilt. Dabei unterliegt das Haus einer ständigen Veränderung, so wie ich selbst. Meine Unrast weicht einer samtenen Ruhe und Gelassenheit.

Auch Leo hat sich inzwischen an unser neues Domizil gewöhnt. Aus dem verspielten Stubentiger ist ein begeisterter Streuner geworden. Nach ersten, zögerlichen Erkundungsgängen ist er bald immer länger unterwegs. Der Pinienwald hinter dem Haus wird zu seinem bevorzugten Revier. Stolz präsentiert er mir schon nach kurzer Zeit seine erste Beute: eine große, noch dampfende, frisch erlegte Maus. Aus dem winzigen fiependen Wollknäuel, das Dan vor wenigen Monaten aus seinem Jackett gezaubert hatte, ist ein großer ausgewachsener Kater geworden. Er fühlt sich sichtlich wohl, und ich kann mir kaum vorstellen, dass er sich jemals wieder an das eingeengte Leben in einem Haus in der Stadt gewöhnen wird. Ich verbanne diesen Gedanken inzwischen in den hintersten Winkel meines Herzens.

Mit meiner Geschichte komme ich gut voran. Tom und Sarah arbeiten als Reiseleiter in der exklusiven Ferienanlage eines amerikanischen Reiseveranstalters in Sri Lanka. Es ist der erste gemeinsame Einsatz des Paares so weit von zu Hause entfernt. Die Umgebung, der exotische Park um das Hotel und seine Lage direkt am Meer begeistern Tom. Sarah dagegen, normalerweise die aktive und treibende Kraft, hat große Schwierigkeiten. Die zierliche, blonde Frau leidet unter dem heißen und feuchten Klima. Auch mit den aufgedrehten, fröhlich gackernden Kollegen hat sie ihre Probleme. Sie empfindet sie durchweg als oberflächlich. Tom liebt die neue Arbeit. Er ist bei Gästen und Kollegen beliebt und übernimmt bald die Tagestouren.

Sarah fühlt sich gekränkt durch Toms Enthusiasmus. Das ist für sie wie ein Verrat. Wie kann er sich wohlfühlen, während sie so leidet. Sie ist gereizt. Gewitterwolken hängen über ihrem Beziehungshimmel. Und dann taucht Shirley auf, die Neue, eine temperamentvolle Brasilianerin. Sarah hasst sie vom ersten Augenblick an.

Ich habe abgenommen. Ich spüre es an den locker sitzenden Jeans. Auch mein Gesicht ist schmaler geworden. Oder liegt das an den inzwischen fast bis auf die Schultern gewachsenen Haaren? Im Spiegel begegnet mir ein frisches und sonnengebräuntes Gesicht, das ich mit einiger Zufriedenheit betrachte. Einmal in der Woche fahre ich nach Bath. Ich wasche meine Wäsche im kleinen Waschsalon in der Federal Street, danach kaufe ich ein. Meine Einkaufszettel sind einfach geworden: Lebensmittel, Zahnpasta, Seife, Hautcreme. Kosmetika oder gar Parfüms benutze ich kaum noch. Ich interessiere mich auch nicht mehr für Mode, ich trage ohnehin ausschließlich Jeans. Nach dem Einkaufen gehe ich in den Intown Pub. Langsam beginne ich, Grace zu mögen. Ich merke, sie ist nicht unfreundlich, nur so ganz anders als alle Frauen, die ich bis jetzt kennen gelernt habe. Sie passt in die Landschaft, gleicht in ihrer spröden, zurückhaltenden Art der stillen, kühlen Klarheit von Maine.

Wir werden Freunde. Grace sammelt meine Post. Meistens sind es Briefe von Mutter. Sie macht sich Sorgen um mich.

*»Die Winter sind so hart in Maine, und du wohnst so abgelegen. Was ist, wenn nach einem Schneesturm die Wege zugeschneit sind, wenn der Strom ausfällt oder die Heizung nicht funktioniert? Wenn du wenigstens Telefon hättest ...«*

Je mehr sie klagt, desto mehr fühle ich mich bestätigt, dass es richtig war, kein Telefon mitzunehmen. So ist mein Häuschen am Strand meine Insel, auf der mich niemand stört.

Bei Grace lese ich die Zeitung, esse etwas und erfahre Neuigkeiten aus der Region. Die Tochter von Mr. Jones, dem Besitzer des Bradberry Stores, hat in großem Pomp ihren langjährigen Verlobten geheiratet. Mrs. Jonathan Dalton, engagiert im hiesigen Altenheim Pinetree-Hill, verstarb im Alter von 89 Jahren, und Familie Passaro wurde von ihrer Nichte aus Europa besucht. Meine Welt ist klein geworden. Von Grace aus rufe ich Dan an. Seine Stimme wirkt niedergeschlagen. Nein, er macht mir keine Vorwürfe, und trotzdem fühle ich mich schuldig. Die Anrufe belasten mich von Mal zu Mal mehr. Obwohl er es nicht sagt, weiß ich, dass er leidet und auf meine baldige Rückkehr nach Boston hofft, während ich mich mit jedem Tag ein Stück weiter von ihm entferne. Grace kennt das schon. Sie legt mir nach dem Gespräch freundschaftlich den Arm auf die Schulter und sagt nur: »Ja ja, die starken Männer. Mädchen, nimm es nicht zu schwer. Er wird es schon überleben.«

Tatsächlich ist es genau ihre nüchterne, pragmatische Art, die mir in solchen Augenblicken am besten hilft.

In meinem Roman spitzt sich die Krise zu. Ich habe mein Arbeitspensum erhöht. Spannung knistert. Shirley, die temperamentvolle Brasilianerin, hat in der verschlafenen Anlage die Wirkung eines Hurrikans. Sarah geht es schlechter. Ihre weiblichen Instinkte signalisieren ihr Gefahr. In ihrer Not schließt sie sich ihren Kolleginnen an. Das Team verhält sich wie ein aufgeschreckter Bienenstock. Es wird getuschelt und spekuliert, intrigiert und gelästert. Geschichten machen die Runde. »Sie ist aus ganz einfachen Kreisen. Sie lässt sich mit jedem ein. Sie verführt die Männer und lässt sie dann fallen.« Shirley wird verurteilt und beneidet. Die Gäste mögen sie. Die Blicke der Männer folgen ihr. An ihr scheiden sich die Geister. Shirley selbst scheint von all dem nichts mitzubekommen. Unbekümmert und vergnügt animiert sie die Gäste zu eigenwilliger Morgengymnastik, veranstaltet mit Kindern Wettbewerbe im Sandburgen-Bauen und mit Jugendlichen Hindernisläufe durch die Anlage. Sie selbst überwindet dabei sämtliche Hürden wie eine geschmeidige Katze, durchzieht den Pool wie ein Delphin. Abends tanzt sie auf der kleinen Tanzfläche der Bar mit Ricardo, ihrem argentinischen Kollegen, Tango. Gäste und Kollegen sehen hingerissen zu.

Sie ist so natürlich und so unkompliziert, denkt Tom. Sie ist eine Hexe, zischt es in Sarah.

»Ich bin auch noch da«, bemerkt sie, mit schneidender Stimme.

»Was soll das? Natürlich weiß ich, dass du da bist.«

»Ja, wirklich? Seit einer halben Stunde ist dein Blick nur noch auf sie gerichtet!«

»Du übertreibst, sie tanzen erst seit fünf Minuten.«

»Sie hat dich bereits um den Finger gewickelt, glaubst du, ich merk' das nicht?«

»Sarah, was soll das? Deine Launen machen mich langsam verrückt.«

»Ich? Nein, mein Lieber, sie macht dich verrückt.«

»Bist du nun völlig übergeschnappt?«

Sarah weiß, dass ihre Vorwürfe die Situation aufheizen und kann doch nichts dagegen tun. Wie unter Zwang beschwört sie immer heftigere Szenen herauf. Je stärker Sarah über Shirley lästert, desto mehr glaubt Tom, sie verteidigen zu müssen. Je mehr er sie verteidigt, desto mehr ereifert sich Sarah. Ich verfolge beinahe atemlos die Entwicklung. Tom beginnt zu vergleichen. Sarah, durch die Sonne nun fast weißblond, und Shirley, schwarzhaarig mit dunklem Teint, sind schon auf den ersten Blick so verschieden wie Tag und Nacht. Shirley hat eine sehr weibliche Figur, Sarah wirkt daneben fast hager.

Noch unterschiedlicher ist ihr Temperament. Ich sehe die Frauen deutlich vor mir: Sarah mit trotzig gekränkter Miene, traurigen blauen Augen und schmalen, fest aufeinander gepressten Lippen. Daneben blitzen Shirleys Augen geradezu provokant. Ihre vollen Lippen umspielt ein wissendes Lächeln, wenn sie nicht gerade fröhlich sprudelnd erzählt. Tom faszinieren Shirleys dunkle Stimme und ihr Temperament. Hat Sarah Recht? Flirtet Shirley mit ihm? Kurz danach begegnet Shirley ihm im Traum. Die Erinnerung daran lässt ihn auch am Tag noch erglühen. Er beobachtet sie. Gilt dieses Lächeln ihm, oder schenkt sie es allen? Er registriert sehr genau die kleinen, scheinbar zufälligen Berührungen, die ihm wohlige Schauer über die Haut jagen.

Manchmal kann ich kaum aufhören zu schreiben. Die Geschichte entwickelt sich wie von selbst. Gelegentlich können meine Finger auf der Tastatur kaum noch den Gedanken folgen.

Tom kommt nach einem Tagesausflug ins Hotel zurück. Es war heiß, und er fühlt sich ausgetrocknet. Ob Sarah schon schläft oder mit einem Schwall von Vorwürfen auf ihn lauert? Er hasst ihre Ausbrüche. Wie so oft in letzter Zeit schiebt er die Rückkehr ins gemeinsame Appartement hinaus. Er bestellt an der Bar ein Getränk und schlendert mit dem Glas in der Hand auf die Terrasse hinaus. Als er zwei ineinander versunkene Gestalten bemerkt, geht er die Treppe hinunter zum Strand. Er möchte nicht stören. Nein, er kann sie nicht ertragen, diese Glücklichen. Er setzt sich auf eine Bank zwischen den Palmen, die dem Wasser am nächsten sind. Eine vollkommene Nacht! Unzählige Sterne spiegeln sich neben dem Vollmond auf der Wasserfläche. Der Wind rauscht leise, und aus dem nahen Gebüsch begleitet ihn Grillengezirp. Eine Nacht für Verliebte. Brennende Sehnsucht überfällt ihn, ein Verlangen, süß und schmerzhaft zugleich. Ein Knacken schreckt ihn auf. Sind es Schritte? Ein Schatten huscht heran, und im nächsten Moment umschlingen ihn Arme. Ein Taumel erfasst ihn, ein kurzes Seufzen, Shirley ... dann verhindern weiche Lippen jedes weitere Wort. Ihre Münder finden sich, pressen sich aufeinander, trinken sich wie Verdurstende. Tom taumelt ihr hinterher. Er würde ihr überall hin folgen, in den Himmel, in die Hölle, egal wohin. Der Damm ist gebrochen. Ein Rausch hat ihn erfasst. Mit Shirley ist alles so neu. Tom ist überwältigt.

Ob Shirley sich wirklich in ihn verliebt hat? Tom beginnt die begehrlichen Blicke der anderen Männer zu hassen. Eifersucht nagt an ihm.

»Sie gehört mir«, möchte er allen zurufen, wenn Shirley mit anderen lacht oder mit Ricardo tanzt. Und sie tut es oft. Immer wieder werden die beiden vom Publikum dazu gedrängt. Das leuchtend rote Kleid schmiegt sich dabei weich um Shirleys verführerischen Körper. Wie fest Ricardo sie hält, und wie tief er ihr dabei in die Augen blickt. Shirley genießt sichtlich die Begeisterung, die sie auslöst. Sie ist Sinnlichkeit pur, umtanzt Ricardo, schlingt ihre formvollendeten Beine um ihn, heizt die Stimmung auf. Sie wirken wie ein Paar. Hat sie auch ihm gehört? Gehört sie ihm sogar noch heute? Kann diese Frau nur einen Mann lieben, und kann ich das sein? Diese Fragen quälen Tom zwischen den rauschhaften Begegnungen mit Shirley. Sie lacht ihn aus. »Ich liebe dich, aber eine Frau ist kein Stück Land, das man besitzen kann.« Sie hat recht – und doch. Wenn es nur ein Spiel für sie wäre, ein Flirt, eine weitere Eroberung, wenn sie eines Tages genug von ihm hätte, ihn wieder verlassen würde? Dann würde er sterben. Nur in ihren Armen fühlt er sich sicher. Nein, Shirley ist nicht einfach zu erklären. Sie ist tief, und er droht in ihr zu ertrinken.

6

Ich bin überrumpelt von der Entwicklung. Meine Figuren agieren ganz anders, als ich es geplant hatte. Sie entwickeln ein Eigenleben und bringen dabei alles durcheinander. Habe ich ihnen zu viel Freiheit eingeräumt? Habe ich nicht aufgepasst? Ich bin irritiert. Shirley hatte ich die Rolle einer hübschen, aber rücksichtslosen Hexe zugedacht. Obwohl sie diese Rolle durchaus spielt, ist sie mir sympathisch. Mit Verwunderung stelle ich fest, dass mich die zielstrebige Art, mit der sie Tom umgarnt, nicht stört. Im Gegenteil, ich beobachte geradezu mit Bewunderung, wie selbstverständlich sich Shirley nimmt, was sie begehrt. Ich finde sogar Entschuldigungen dafür. Sarah ist mitschuldig an der Situation. Sie hat Tom geradezu in Shirleys Arme getrieben. Selbst mich beginnen ihre Klagen zu nerven. Shirley ist schön, vital und immer gut gelaunt. Wie könnte Tom sich da anders entscheiden? Ich sehe Shirley vor mir, eine Frau, die gegen alle Anfeindungen immun zu sein scheint. An wen erinnert sie mich nur? Gibt es überhaupt eine solche Frau?

Dann muss ich plötzlich an jenen Abend im vergangenen November denken. Rita hatte sich angekündigt. Sie wollte Dan und mir endlich Robert vorstellen. Ich kochte italienisch, wie meistens zu solchen Anlässen, und Dan flachste darüber, wen sie uns wohl diesmal als Traummann präsentieren und wie lange es bis zum großen Drama dauern würde. Es klingelte und Rita wirbelte in einem roten Kleid herein, einem, das ich noch nie an ihr gesehen hatte. Ihre blauen Augen funkelten wie die eines siegreichen Toreros. Sie sah einfach umwerfend aus.

Nun weiß ich es, es war das gleiche rote Kleid, das auch Shirley beim Tango trägt. Dann sah ich ihn. Groß, so unglaublich groß und dunkelhaarig mit beinahe schwarzen Augen. Wie Glutspritzer brannten sie auf mir. Fast augenblicklich hatte ich mich in eine graue Maus verwandelt. Ich hatte mich in die Küche gerettet, mit dem Vorwand, die Blumen ins Wasser zu stellen. Dort stand ich dann vollkommen verwirrt. Das war also dieser Fotograf, dieser neue Traummann, von dem sie mir in den letzten Wochen fast un-

unterbrochen erzählt hatte. Ich hatte kaum zugehört, zu oft hatte sie mir von irgendwelchen Männern vorgeschwärmt, die sich dann in kürzester Zeit wieder in nichts auflösten. Doch dieser Mann hatte nichts gemein mit den Möchtegerncasanovas, die sie uns bisher vorgestellt hatte.

Während des Essens plätscherte das Gespräch vor sich hin. Meine Kochkünste wurden gelobt. Rita bewunderte die Vielfalt der Antipasti, und Robert liebte die Tagliatelle in Champignon-Rahmsauce. Ich erzählte, wie viel ich gereist war, bevor ich mit Dan zusammengezogen war, und schwärmte von Rom, wo ich meine Liebe zur italienischen Küche entdeckt hatte.

»Und statt in Rom toben Sie sich jetzt nur noch in der internationalen Küche aus?« fragte Robert.

»Nicht nur, ich schreibe auch«, antwortete ich hastig.

»Fehlt Ihnen das Reisen nicht?« bohrte er weiter.

Verwundert blickte Rita auf, und ich glaubte zu spüren, wie sich Dans Rücken versteifte.

»Reisen und Beziehung lassen sich auf Dauer sehr schlecht vereinbaren«, antwortete ich leise.

Die Stimmung hatte sich gewandelt.

»Die beiden haben lange genug diese ewigen Trennungen mitgemacht«, meldete sich Rita in die Stille hinein. Robert reagierte mit einem Lächeln, von dem ich nicht wusste, wie ich es deuten sollte. Meine Gefühle Robert gegenüber schwankten zwischen Ablehnung und Faszination. Rita hatte nichts bemerkt. Sie war glücklich und voll schnurrender Zufriedenheit.

Und nun hatte Rita meine Shirley geprägt. Wie konnte das passieren? Hatte ich die Figur der Shirley zu ungenau entworfen? Auch Sarah gleicht kaum noch der jungen fröhlichen Frau vom Strand, die ich als ihr Vorbild genommen hatte. Und Tom? Ich erschrecke. Tom sieht eindeutig Robert ähnlich.

Ich verlasse das Haus, um Abstand zu gewinnen. Es gelingt mir nicht. Auch im Freien drehen sich meine Gedanken im Kreis.

»Sei nicht so verbissen, Karen.«

War das Shirleys Stimme?

»Muss denn immer alles nach deinen Vorstellungen gehen?«

Macht sie sich lustig über mich?

»Anstatt mich ändern zu wollen, solltest du vielleicht bei dir selbst anfangen.«

»Ha, dass ich nicht lache. Jetzt wollen mir meine Figuren sagen, was ich zu tun habe!«

Plötzlich fühle ich mich beobachtet. Ich schrecke aus meinen Gedanken hoch. Da steht er vor mir – wie aus dem Sand gewachsen. Er ist nur wenige Meter von mir entfernt und vollkommen nackt. Ein wuscheliger Haarschopf umrahmt sein Gesicht, das von einem wild wuchernden Vollbart halb verdeckt wird. Graue Augen starren mich unverwandt an. Meine Kehle ist plötzlich trocken, und mein Puls fängt zu rasen an. Kein anderer Mensch ist in der Nähe. Will er etwas von mir? Ich bin erschreckt und fasziniert zugleich. Ich fühle mich bedroht und angezogen von seiner wilden Natürlichkeit. Für einen Augenblick bin ich wie gelähmt, dann drehe ich mich um und gehe mit schnellen Schritten den Weg zurück. Lange spüre ich seine Augen auf meinem Rücken. Ich überlege, ob er mir folgt, doch ich wage nicht, mich umzudrehen. Das tue ich erst, als ich wieder in der Nähe der anderen Menschen bin. Er ist mir nicht nachgegangen, ich sehe ihn nur noch als kleinen Punkt und kurz danach gar nicht mehr. Diese Begegnung kann ich nicht vergessen. War das ein Exhibitionist, der sich an meinem Schreck weiden wollte? Oder nur ein abgehärteter Naturfreund ohne jede böse Absicht? Hätte der mich so angesehen? Immer wieder sehe ich diesen durchdringenden Blick vor mir. Ich fühle mich, als hätte dieser einsame Nackte in Wirklichkeit etwas von mir entblößt.

Von diesem Tag an wage ich nicht mehr, so weit zu gehen. Von der Begegnung erzähle ich niemandem.

In Bath ist ein Brief von Rita. Das überrascht mich. Sie hat mir noch nie geschrieben. Rita schreibt keine Briefe. Sie schreibt allenfalls Karten oder ruft an. Ich kenne ihre Schrift nur von kurzen Notizen in der Redaktion. Wenn sie schreibt, muss es einen wichtigen Anlass geben. Vielleicht ist es aus mit Robert. Oder sie haben zumindest eine Krise. Hastig schlitze ich das Kuvert auf,

falte den pastellfarbenen Briefbogen auseinander und überfliege
die Zeilen mit Ritas kindlich runder, gleichmäßiger Schrift.

Rita erzählt nur Belanglosigkeiten, unwichtigen Alltagskram.
Was soll denn das? Dann wird sie etwas konkreter: Sie bemängelt,
dass ich nicht ein einziges Wochenende zu Besuch gekommen bin
und das auch für die nächste Zeit nicht angekündigt habe.

*Robert hat mir zwar vom Indian Summer erzählt, von dem angeblich im-
mer blauen Himmel und dem goldgelb und rot leuchtenden Farbenmeer der
Ahornwälder. Ich stelle mir das durchaus zauberhaft vor, für ein Wochenende, aber Monate in dieser Einsamkeit? Robert sagt …*

Robert sagt, Robert meint, Robert … Robert … Robert. Nein,
sie haben ganz offensichtlich keine Krise. Im Gegenteil, beinahe
kommt es mir vor, als wäre Robert noch wichtiger geworden. Ich
werde ungeduldig. »Na komm schon, Rita, weswegen schreibst du
nun wirklich?« So um die Dinge herum zu reden war nun wirklich
nicht ihr Stil. Hastig überfliege ich die nächsten Zeilen.

*Dan ist sehr niedergeschlagen. Wir bemühen uns, ihn abzulenken, doch er
ist zu nichts zu bewegen. Ich glaube, er hat sich ganz in seine Arbeit ver-
graben. Karen, dieser Mann liebt Dich über alles. Bedeutet Dir das denn
nichts? Glaube mir, ich wäre glücklich, wenn Robert mir das jemals so zeigen
würde. Hast Du nicht Angst, das alles aufs Spiel zu setzen? Ich bewundere
durchaus Deinen Mut, doch hast Du Dir mit Deiner Entscheidung nicht zu
viel vorgenommen? Komm zurück, wenn Du auch nur die geringsten Zweifel
hast. Was Du dort kannst, kannst Du alles auch hier. Denke auch daran,
der Indian Summer dauert nicht ewig, und danach folgt ein kalter, langer,
einsamer Winter.*
*Wie auch immer, in Boston wirst Du vermisst. Wir möchten Dich wieder bei
uns haben. Hattest Du uns nicht versprochen, uns regelmäßig zu besuchen?
Wenn Du Dich nicht dazu entschließen kannst, dann kommen wir.*


Also das ist es. Dan steckt dahinter. Ich bin wütend und irgendwie enttäuscht. Dass Rita sich einmischt, ärgert mich. Außerdem
ist sie meine Freundin. Wie oft sich Dan über sie lustig gemacht
hat, hat sie wohl nicht gemerkt. Aber ich spüre, da ist noch etwas
Anderes. Meine Enttäuschung lässt sich nicht nur durch diesen
Brief erklären. Rita ist eigentlich längst keine richtige Freundin

mehr für mich. Immer öfter habe ich mich über sie geärgert. Wir haben uns entfremdet. Ich habe mich verändert, nachdem ich zu Globus ging. Rita, so schien es mir, wurde zunehmend kindlicher und naiver. Manchmal ertrug ich ihr Geplapper kaum, ihre Berichte über kleine, unbedeutende Skandälchen in der Redaktion, ihre wiederkehrenden Klagen, dass sie gern heiraten möchte, Robert aber nicht dazu bereit sei, ja nicht einmal mit ihr zusammenleben wolle. Heute ist es ihr ständiges: »Robert sagt« und »Robert meint«, das mich aufregt.

Ich beschließe, Dan diesmal nicht anzurufen.

»Probleme?« fragt Grace in meine Gedanken hinein.

»Ich weiß nicht. Ich weiß nicht, Grace, aber es könnte welche geben.«

# 7

Auf der Heimfahrt fühle ich mich elend. Nein, ich will nicht, dass sie kommen, das ertrage ich nicht. Ich kann mir weder Rita noch Robert in meiner jetzigen Welt vorstellen. Vielleicht käme sogar Dan mit. Zumindest würden sie mir seinen Kummer in allen Farben schildern. Sie würden auf mich einreden und versuchen, mich zur Rückkehr zu bewegen. Sie würden mein Häuschen begutachten, es mit dem großzügigen Haus in Boston vergleichen. Sie würden meinen Tagesablauf, meinen ganzen Rhythmus durcheinanderbringen.

Wenige Tage später entschließe ich mich, nach Boston zu fahren. Ich nehme den gleichen Weg zurück, den ich vor zwei Monaten gekommen bin. Während der Fahrt breitet sich ein Kribbeln in mir aus. Ich habe Angst vor dem, was mich erwartet. Wie wird Dan aussehen? Seine Stimme klang immer so müde und traurig am Telefon. Werde ich mir Vorwürfe anhören müssen? Werden sie mich gemeinsam bedrängen, bis es mir die Luft zum Atmen raubt?

Kurz vor Boston nimmt der Verkehr deutlich zu. Ich bin diese Hektik nicht mehr gewöhnt. Wenigstens scheint die Sonne freundlich. Es ist eine milde, alles in zarte Pastellfarben tauchende Herbstsonne. Vielleicht wird es gar nicht so schlimm, wie ich befürchte.

Leo beklagt sich leise miauend aus dem Korb heraus. Er hatte sich äußerst ungern einsperren lassen. Trotz der Beruhigungstropfen, die ich ihm vor der Abfahrt gegeben habe, hat er sich während der Fahrt mehrmals gemeldet. Vielleicht hatte er aufgrund seiner heftigen Abwehr nicht genug Tropfen bekommen. Vielleicht wirkt das Mittel nicht mehr so stark, weil er inzwischen wesentlich kräftiger ist?

»Wir sind gleich da, dann darfst du aus deinem Käfig heraus.«

Das Wort »Zuhause« bringe ich nicht über die Lippen. Es ist kurz nach vierzehn Uhr. Dan wird ungeduldig sein. Eigentlich wollte ich schon gegen dreizehn Uhr da sein, doch ich war später abgefahren als geplant. Es gab immer noch etwas zu tun. Das mehrmalige Umziehen beschäftigte mich verhältnismäßig lange, denn meine Alltagskleidung, die ich in den letzten Wochen fast ausnahmslos getragen habe, schien mir für Boston unpassend. Andererseits fühlte ich mich im Kostüm auch nicht wohl. Es blieb bei den Jeans. Danach musste ich die Küchenkräuter gießen, eine Tasse und zwei Gläser spülen. Außerdem wollte ich unbedingt bei Grace vorbei. Aber im Grunde genommen diente alles nur dazu, die Abfahrt hinauszuschieben. Ich kann mir vorstellen, wie Dan inzwischen ungeduldig zwischen Wohnzimmer und Küche hin und her geht. Der Gedanke daran macht mich zusätzlich nervös. Er kennt mich als zuverlässig und pünktlich. Die letzten Meter zur Haustür haste ich, als könne ich damit etwas Zeit aufholen. Bevor ich die Klingel drücke, hole ich tief Luft. Dan öffnet die Tür. Sein Gesicht ist gerötet. Er ist aufgeregt und hat sich offensichtlich größte Sorgen gemacht.

»Es tut mir leid, aber ...«

»Komm!« sagt er, weitere Worte mit der Hand wegwischend, während er mich stürmisch in die Arme nimmt. Sie umklammern mich fest und geben mich eine Ewigkeit nicht mehr frei. Er küsst mich ausgehungert. Ich fühle mich eingeklemmt wie in einen Schraubstock. Augenblicklich setzt bei mir das Gefühl der Beklemmung wieder ein. Wo ist das sinnlich weiche, warme Verlangen von einst? Auch heute ist Dans Körper warm, nein, fast heiß. Er schwitzt. Es ist mir unangenehm. Es stimmt nichts, alles ist anders als früher. Seine Umarmung vermittelt mir keine Stärke, sondern Verzweiflung.

Ich löse mich von ihm.

»Du bist so zart geworden«, stellt er fest, »du isst wohl nicht genug.«

Sieht er nicht, dass ich gut aussehe? Fragend studiere ich sein Gesicht. Der Mann, den ich so gut zu kennen glaubte, sieht auf einmal ganz anders aus. Dabei kann ich nicht sagen, was sich verändert hat. Sein Gesicht wirkt kantiger. Hat er abgenommen? Kurz habe ich die Vision, wie er einmal aussehen wird, wenn er alt ist. Seine Haut wirkt fahl, nachdem die hektische Rötung, die im ersten Augenblick aufgeflammt war, abgeklungen ist.

»Ich muss Leo aus seinem Käfig befreien«, wende ich mich von ihm ab. Ich weiß, ich darf jetzt nichts von Maine erzählen. Es erscheint mir geradezu unmöglich, von meinen Strandwanderungen zu schwärmen. Wie müsste es ihn verletzen, wenn er hören würde, dass es mir ohne ihn besser geht und ich beim Schreiben gut vorankomme.

Leo schießt wie eine Kugel aus dem Korb, sieht sich kurz verwundert um und verschwindet unter dem Sofa.

»Was war denn das? Leo! Kennst du dich denn hier nicht mehr aus?«

»Er kommt schon wieder hervor, wenn er Hunger hat.« Dan zuckt mit den Schultern. »Was möchtest du, Liebling?« wechselt er plötzlich in einen unpassend munteren Ton. »Kaffee, Kuchen, ein Glas Champagner?«

»Vielleicht alles«, antworte ich erleichtert, froh über jegliche Ablenkung.

»Ich mach' schon mal Kaffee.«

»Aber nein«, hält er mich zurück, »das mach' natürlich ich.« Mit Nachdruck drängt er mich in Richtung Sessel.

»Ich soll mich hinsetzen und bedienen lassen?«

»Ja, warum denn nicht? Tu das oder mach dich frisch oder pack deine Tasche aus.«

»Okay«, gebe ich mich versöhnlich und verschwinde im Bad. Welch ein Kontrast zu dem Badezimmer im Strandhaus! Geradezu bombastisch wirkt dieser fast dreimal so große Raum mit der grünen Efeubordüre auf den weißen Fliesen, den Messingarmaturen und dem großen Kristallspiegel. Es strahlt eine so kühle Eleganz aus. Ich passe nicht in diesem Rahmen und entschließe mich dazu, mich nun doch umzuziehen und zu schminken.

Im Umkleideraum zwischen Bad und Schlafzimmer kann ich aus einem drei Meter breiten, dicht behängten Schrank wählen. Wann habe ich das alles nur getragen? In Maine hängen fünf Jeans sowie einige Pullis und Blusen. Außerdem habe ich für alle Fälle ein schickes Kostüm und einen Rock mitgenommen, die ich bisher nicht getragen habe. Ich stehe hilflos vor dem Überangebot in einem Warenhaus. Unentschlossen gehe ich die vielen Bügel durch. Ziehe hier und da etwas heraus, hänge es jedoch wieder zurück.

»Karen, wo steckst du denn so lange?«

»Gleich!« Ich entscheide mich nun schnell für eine wollfarbene Gabardinehose und einen eisblauen Pullover, Farben, die ich besonders mag. Trotzdem fühle ich mich in den Kleidern fremd und irgendwie verkleidet. Es ist, als würde ich darin verschwinden. Alles ist mir etwas zu groß. Auch Energie und Vitalität der letzten Wochen scheinen mit meinen gewohnten Alltagskleidern von mir abgefallen zu sein.

Dan hat inzwischen den Esstisch gedeckt. Neben dem schlichten, weißen Kaffeegeschirr steht ein riesengroßes Bukett dunkelroter Rosen. Dan kommt mit einem gefüllten Champagnerglas auf mich zu.

»Oh, Dan ...«

»Willkommen Liebling.« Dan reicht mir das Glas und fixiert mich mit seinem Blick. Er hat sich offensichtlich beruhigt, fühlt sich wieder sicherer. Die Hektik ist von ihm gewichen. Nun steuert er mich zum Tisch. An meinem Platz liegt ein flacher, quadratischer Karton, kunstvoll verpackt.

»Was ist das? Ich hab' nicht Geburtstag – ist sonst etwas?«

»Braucht man für ein Geschenk immer einen Grund?«

Unter seinem erwartungsvollen Blick löse ich die Verpackung. Meine Ahnung bestätigt sich. Unter dem Papier kommt die aufwendig gestaltete, mit filigranen Goldbuchstaben versehene Kunststoffkassette des exklusiven Juweliers Pollack & Sons hervor. Als ich sie öffne, stockt mir fast der Atem. Ein Weißgoldkollier mit einem in Brillanten gefassten Aquamarinherz glitzert vor mir. Dan legt mir die Kette um den Hals. Es ist mir unangenehm. Sie ist zwar wunderschön, aber ein so teures Geschenk belastet mich. Ich empfinde es wie eine Fessel – oder Bestechungsgeld.

Das Gespräch ist plötzlich in einer Sackgasse, wir wissen nicht mehr, was wir reden sollen. Worüber haben wir früher geredet? Meine Arbeit, seine Arbeit, meine Eltern, Essen, Ausgehen? Dan möchte die vergangenen zwei Monate ignorieren, für mich sind sie realer als dieses Haus und unsere Beziehung.

»Bei Rita scheint es diesmal zu klappen«, beginnt er plötzlich ein, wie ihm vermutlich scheint, unverfängliches Thema.

»Was?« Ich habe nicht genau verstanden, was er meint.

»Rita und Robert, sie sind immer noch zusammen. Wer hätte das für möglich gehalten, dass es ausgerechnet diesmal klappt. Ich meine, Robert und sie sind doch sehr unterschiedlich.«

»Ja, das stimmt.« In Gedanken sehe ich die zwei vor mir: Robert groß und immer etwas geheimnisvoll, Rita zierlich und mit dem Herzen auf der Zunge.

»Rita freut sich sehr auf dich. Sie hat sogar das Essen mit mir gemeinsam geplant und steuert etwas dazu bei.«

Ich bin erstaunt.

»Was habt ihr denn geplant? Das hört sich ja spannend an.«

»Italienisch, aber mehr wird nicht verraten. Auf jeden Fall nicht das Übliche.«

Wie auf ein Zeichen schrillt plötzlich das Telefon. Der grelle, für mich inzwischen ungewohnte Ton erschreckt mich. Es ist Rita. Sie will wissen, ob ich da bin.

»Ja, sie ist seit eineinhalb Stunden da. Nein, ich habe nichts verraten … Ich glaube schon … Ja, es steht ihr gut …«, lächelnd ruht Dans Blick auf mir. Was ist denn das? Rita und Dan haben sich zwar gegenseitig akzeptiert, waren aber nicht gerade Freunde. Inzwischen scheinen sie sich richtig gut zu verstehen.

»Na klar, frag sie doch selbst, sie sitzt neben mir.«

»Hallo Rita.«

»Karen, schön, dass du da bist. Wie fühlst du dich, wieder zurück in der Zivilisation? Dan und natürlich auch wir haben uns so gefreut, dass du kommst. Wie gefällt dir dein Geschenk?« Rita fragt atemlos und ohne Pause, sie erwartet offensichtlich keine Antwort.

»Okay, also bis gegen acht Uhr.«

»Du meine Güte, Rita ist ja noch hektischer als früher.«

»Findest du? Ach, das kommt dir nur so vor, weil du lange nicht mehr mit ihr geredet hast«, gibt Dan zu bedenken. Leo wagt sich vorsichtig in Richtung Futterschüssel. Er blinzelt uns verunsichert an. Schweigend beobachten wir sein ungewöhnliches Ver-

36

halten. In permanenter Anspannung verschlingt er sein Futter. Bei jedem Geräusch zuckt er zusammen.

»Der ist aber seltsam geworden.«

»Die Umgebung ist ihm eben fremd, er kann sich vielleicht nicht mehr daran erinnern«, versuche ich meinen Freund auf vier Pfoten zu verteidigen. Dan geht auf ihn zu und will ihn streicheln, doch Leo flitzt in sein sicheres Versteck. Ich denke an mein kleines, sonnendurchflutetes Strandhaus, an die tagsüber nur angelehnte Tür, die Leo leicht aufdrücken kann und durch die er nach Lust und Laune in sein Jagdrevier verschwindet. Die massiven Wände hier in Boston kommen mir wie eine Festung vor, ein Bunker, der Licht, Luft und Sonne aussperrt. Nein, Leo wird sich nie mehr an dieses Haus gewöhnen, und ich vermute, bei mir wird das nicht anders sein.

Ich stehe vom Tisch auf und gehe zur Sitzgruppe.

»Leo komm zu mir«, versuche ich das verschreckte Tier hervorzulocken.

»Lass ihn doch.« Dan ist mir gefolgt. Er schlingt die Arme von hinten um mich und versucht, mich auf den Sessel zu ziehen. »Lass doch jetzt den Kater«, flüstert er mir heiser ins Ohr. Schon drücken sich seine Lippen heiß auf meine Wange und meinen Mund. Der unerwartete Überfall löst Angst und heftiges Herzklopfen in mir aus. Ich empfinde Dan wie einen Fremden.

»Dan, bitte, ich bekomme keine Luft mehr.«

»Ich liebe dich, Karen, ich liebe dich.«

Mir schießen Tränen in die Augen. Was hatte ich erwartet? Hatte ich wirklich geglaubt, er würde mir nur gegenübersitzen, mit mir reden und Kaffee trinken? Und dann die Nacht? Am liebsten würde ich flüchten. Wie Leo möchte ich mich in eine Ecke verkriechen. Für einen Moment erwäge ich, es einfach über mich ergehen zu lassen, um Diskussionen zu vermeiden. Ein Gefühl der Lähmung kriecht über meine Beine. Ich richte mich auf und reiße mich los. Wenn ich jetzt nachgebe, gebe ich alles auf, dann kann ich mich nie mehr gegen etwas wehren. Schwer atmend ist Dan von mir abgerückt.

»Dan, ich bin noch gar nicht richtig angekommen, gib mir Zeit.«

»Ich gebe dir alle Zeit der Welt.« Er steht auf, geht zum Tisch und schüttet ein volles Glas Champagner in sich hinein. Er sieht mich an und fragt: »Du auch?«

»Ja.« Ich will ihm keinen weiteren Korb geben. Auch er schenkt sich noch einmal ein, stößt mit mir an, während er mir tief und forschend in die Augen sieht.

»Auf die Zukunft, Karen!« Ich nicke nur.

Dan verschwindet in die Küche, um das Essen vorzubereiten. Nein, er möchte mich nicht dabeihaben. »Akklimatisier dich inzwischen«, rät er mir, als ich ihm hilflos nachblicke. Ich versuche noch einmal, Leo aus seinem Versteck zu locken. Wie gern hätte ich ihn an mich gedrückt und mein Gesicht in sein Fell gegraben. Er lässt sich zu nichts bewegen. Ich beschließe, mein Unbehagen unter der Dusche abzuspülen. Danach werde ich mich am besten noch einmal umziehen.

Ich stehe eine kleine Ewigkeit unter der Dusche. Das heiße Wasser beruhigt mich, und das Rauschen schirmt mich von allem ab. Ich widme mich intensiv meinem Körper, lasse mir viel Zeit. Ausgiebig rubble ich mein Gesicht, bis es prickelt. Ich creme mich ein, putze mir lang und gründlich die Zähne, föhne das Haar. Wieder stehe ich unentschlossen vor dem Kleiderschrank. Es dauert lange, bis ich mich für ein kurzes, graues Etuikleid entscheide. Sogar Makeup lege ich auf, das erste Mal seit Monaten, und ich benutze eines der vielen Parfums. Jetzt geht es mir besser. Beim Blick in den Spiegel bin ich mir selbst zwar etwas fremd, aber ich fühle mich für den Abend gewappnet.

Dan ist begeistert. Ich sehe es an seinen Augen. Schnell holt er das Weißgoldkollier und legt es mir um. Wunderschön sieht es aus, und trotzdem hätte ich es lieber nicht getragen. Ich fühle mich im wahrsten Sinne des Wortes an die Kette gelegt. Es klingelt, unser Besuch ist da. Rita, überschwänglich fröhlich, füllt geräuschvoll den Raum. Welch eine Wohltat nach dem stockend verlaufenden Gespräch zwischen Dan und mir. Nun ist es ein kleines bisschen wie früher.

Robert mustert mich lächelnd. Rita tätschelt Dan ungewohnt kumpelhaft den Arm und verschwindet mit ihm und zwei Schüsseln in die Küche. Ich stehe mit Robert allein im Wohnzimmer. Verdammt, ist dieser Mann attraktiv.

»Karen, du siehst blendend aus. Hast du in Maine eigentlich gearbeitet? Du siehst aus, als kämst du aus dem Urlaub.«

»Ich arbeite durchaus, und es geht mir gut dabei.«

»Ja, Maine ist herrlich, besonders um diese Jahreszeit. Ich habe schon Aufnahmen dort gemacht. Vielleicht sollte ich wieder einmal hinfahren, dann könnte ich dich besuchen. Soll ich dich besuchen?«

»Du würdest es nicht finden, das Haus liegt völlig abgelegen.«

»Ich würde es finden. Wetten? Ich finde überall hin. Oder zweifelst du daran?« Seine Augen brennen sich in meine hinein. Ich erröte. Flirtet er mit mir? Gefällt ihm, dass er mich verwirrt? Oder ist es echt, meint er mich? Nein! Er gehört bestimmt zu den Männern, die mit jeder Frau in ihrem Umfeld flirten.

»Setz dich. Möchtest du einen Aperitif?« frage ich, um meine Unsicherheit zu überspielen.

»Lass uns damit auf die anderen warten.«

Ich setze mich ihm gegenüber.

»Warst du viel unterwegs in letzter Zeit?« versuche ich ein neutrales Gespräch. Er ignoriert meine Frage.

»Wirst du zurückkommen, Karen? Ich meine, hierher zurückkommen, zu Dan?«

Auf diese Frage war ich nicht gefasst.

»Im Moment beschäftigt mich hauptsächlich mein Buch.«

»Aber im Frühjahr, Karen, was wirst du dann tun?«

Zum Glück kommen Rita und Dan aus der Küche mit einem Tablett voll sorgfältig dekorierter Vorspeisen. Das enthebt mich einer Antwort.

Dan öffnet eine Flasche Wein und schenkt ein. Wir stoßen an. Ein harmloses Gespräch entwickelt sich. Belanglosigkeiten. Ich kann mich kaum darauf konzentrieren. Mir geht durch den Kopf, was Robert gesagt hat. Könnte es sein, könnte es vielleicht doch sein? Verstohlen blicke ich zu ihm hinüber. Unsere Blicke begegnen sich, verhaken sich, halten sich fest, und auf einmal weiß ich, es ist passiert.

Rita hat eben etwas gesagt. Was? Hilfe, wo bin ich? Ich greife hastig zum Glas. Robert rettet mich.

»Auf dich Karen, auf dein Buch und deinen Erfolg.«

»Ja, was macht dein Buch eigentlich, bist du weitergekommen?« will Rita nun wissen. Sie scheint nicht zu spüren, wie unangenehm Dan dieses Thema ist.

»Doch, es klappt ganz gut«, antworte ich und finde auf, dass Rita der Shirley in meinem Buch nicht wirklich ähnlich ist. Diese Erkenntnis beruhigt mich.

Dan gefällt die neue Richtung des Gesprächs überhaupt nicht, das ist deutlich zu spüren.

»Apropos Essen, ich kümmere mich mal darum«, lenkt er ab.

»Soll ich dir helfen?« Rita ist sofort startbereit.

»Momentan noch nicht, später vielleicht.«

Die Leichtigkeit des Gesprächs hat sich verflüchtigt.

»Dan akzeptiert es immer noch nicht«, stelle ich fest.

»Aber Karen, das ist doch klar! Er will dich natürlich bei sich haben. Ich glaube, er ist entsetzlich einsam. Hast du denn noch nicht genug von deinem Leben in der Wildnis?« Rita wirkt ungewöhnlich engagiert.

»Rita, du weißt, dass ich Clifford zugesagt habe, das Haus den ganzen Winter über zu bewohnen.«

»Ja, aber das heißt doch nicht, dass du wirklich so lange bleiben musst. Außerdem haben wir erwartet, dass du regelmäßig nach Boston kommst. Jetzt bist du noch seltener zu Hause als zu der Zeit, als du für Globus unterwegs warst. Ich finde es sehr verständlich, dass es Dan irritiert.«

»Also Rita, Karen weiß wirklich selbst, was sie tut«, geht Robert dazwischen.

»So kannst nur du reden. Du weißt nicht, was das für denjenigen bedeutet, der zu Hause wartet.«

»Es gibt eben Menschen, die sind für ein gleichförmiges Leben nicht geeignet. Ich glaube, dieser Aufenthalt in Maine ist wichtig für Karen.«

»Man darf nicht nur an sich selbst denken, wenn man in einer Beziehung lebt. Sie gefährdet ihre Beziehung. Dan muss ja glauben, dass sie ihn nicht mehr liebt.«

»Und wenn, Rita? Es ist ihre Angelegenheit.«

»Robert, wie kannst du so reden, du weißt, wie unerträglich diese Situation für Dan ist.«

»Du kannst ihn ja trösten«, unterbricht Robert ihren Eifer. Rita will etwas erwidern, doch dann steht sie brüsk auf und rauscht Richtung Küche davon.

»Entschuldige Karen, in Momenten wie diesen kann ich gut verstehen, dass du geflüchtet bist«, sagt Robert.

»Ich bin nicht geflüchtet, ich bin weggegangen, um in Ruhe arbeiten zu können.«

»Komm, mir brauchst du nichts vorzumachen.«

»Jetzt fang du nicht auch noch an. Lasst mich einfach in Ruhe. Ich will nicht darüber reden.« Tränen schießen mir in die Augen. Da steht Robert unvermittelt auf und kommt zu mir. Er setzt sich neben mich, legt seinen Arm um meine Schulter und dreht mit der anderen Hand behutsam mein Gesicht zu sich.

»Ich versteh' dich doch, merkst du das nicht? Und wie ich dich verstehe.« Sein Blick ist ungewöhnlich ernst. Seine Worte zerschmelzen etwas in mir. Jeder Widerstand löst sich auf. Robert wischt eine Träne aus meinem Augenwinkel, gerade als sie sich zu lösen beginnt. Verwundert lasse ich die zarte Berührung geschehen. Und noch während er über meine Wange streichelt, nähern sich seine Augen, seine Lippen legen sich auf meinen Mund. Dann löscht sein Kuss jede Wahrnehmung aus. Ich weiß nur, ich will es, und zwar seit unendlich langer Zeit.

Ritas energische Schritte, die aus Richtung Küche herüber hallen, rufen mich in die Gegenwart zurück. Robert drückt mich kurz und geht dann an seinen Platz zurück. Ich gehe ins Bad. Mit glühendem Gesicht und Herzklopfen starre ich in den Spiegel. Es ist wahr, es ist wahr, es ist wahr, pocht es in mir. Die Verwirrung ist komplett. Um die Schminke in meinem Gesicht nicht zu zerstören, halte ich beide Unterarme unter eiskaltes Wasser und kühle mich ab. Auf meinem Mund spüre ich Roberts Kuss.

»Karen, das Essen ist fertig«, höre ich Dans Stimme.

»Ich komme gleich.« Hastig pudere ich mir Nase und Wangen und ziehe die Lippen nach.

Als wäre sie die Gastgeberin, hat Rita mit Dan den Tisch gedeckt. Dieses Bündnis versetzt mich in Erstaunen. Wenn ich daran denke, wie Dan früher oft über Rita gesprochen hat. Plötzlich habe ich einen verrückten Gedanken: Warum sind sie nicht ein Paar? Sie möchten beide heiraten, und Robert und ich wären dann frei. Ich erschrecke. Ja, will ich denn das? Wie komme ich darauf, dass Robert das will? Ja, was will er überhaupt? Ich blicke kurz zu ihm. Er sitzt mir am Esstisch gegenüber. Wieder begegnen sich unsere Blicke. Schnell sehe ich zu Rita und Dan, sie scheinen nichts zu merken. Zu sehr sind sie mit der Präsentation ihres Menüs beschäftigt.

Nach einer raffinierten Mischung aus Blattsalaten mit Krabben und einer Kräutermarinade folgen zarte Kalbsschnitzel mit Blattspinat, Parmesan und Tagliatelle. Dazu gibt es einen leichten Weißwein. Das Essen schmeckt köstlich, doch mein Appetit ist nicht sehr groß. Über dem Raum liegt eine bittersüße, knisternde Spannung und gleichzeitig ein dunkler, samtener Schmerz. Etwas Neues, Überwältigendes, noch nicht Fassbares ist im Raum. Und ich fühle, etwas, was lange Zeit ein wichtiger Teil meines Lebens war, ist nun vorbei, unwiederbringlich vorbei. Wehmut und Trauer überschatten meine Stimmung. Niemals zuvor habe ich Abschiedsschmerz und erwartungsvolles Prickeln so nah beieinander erlebt. Ich trinke etwas zu viel und zu schnell, und irgendwann benehmen sich Rita und ich wie die jungen gackernden Nachwuchsjournalistinnen der Salem Post. Ich genieße diesen Zustand beschwipster Leichtigkeit, und auch Dan scheint diesen Umschwung positiv zu bewerten. Er lächelt väterlich nachsichtig, Robert beobachtet uns nachdenklich.

Irgendwann drängt Robert zum Aufbruch. Plötzlich fühle ich mich erschöpft. Und ich habe Angst, mit Dan allein zu bleiben. Nicht zu Unrecht. Kaum hat sich die Tür hinter den beiden geschlossen, nähert er sich mir, und ich weiß trotz des Alkohols, der mich benebelt, ganz genau, was er will. Ängstlich weiche ich einige Schritte vor ihm zurück und sehe ihn unsicher an. Er registriert es. Betont kameradschaftlich legt er mir seinen Arm um die Schulter.

»Noch ein Glas, Liebling?«

Ich nicke, froh um jeden Aufschub. Wenn wir noch etwas trinken, wird er vielleicht auch müde und schläft bald ein. Also trinken wir weitere Gläser. Ich lobe sein Essen. Er macht mir Komplimente über mein Aussehen.

»Du kommst ja neuerdings phantastisch mit Rita aus«, stelle ich fest.

»Wer interessiert sich jetzt für Rita?« sagt er.

»Ich hatte immer das Gefühl, du magst sie nicht besonders. Heute sah es aus, als wärt ihr die besten Freunde.«

»Küss mich.« Er ist nah an mich herangerückt, sein Mund flüstert in mein Ohr, dann liebkost er mich mit der Zunge. Sein heißer Atem nähert sich meinem Gesicht. Ich gebe ihm meinen Mund, will ihn mit meinen Küssen besänftigen, danach mit ihm reden. Gierig stürzt er sich auf meine Lippen. Er darf mich nicht mehr so bevormunden, denke ich noch. Seine Zunge ist tief in meinem Mund, seine Hände halten meinen Kopf fest, so dass ich nicht ausweichen kann. Hoffentlich ... Sein ganzer Körper ist über mir, hält mich mit Armen und Beinen fest umklammert, stößt Worte und Seufzer aus zwischen den Küssen, Laute, die ich nicht verstehe. Kissen rascheln neben meinem Ohr. Irgendwo reißt Stoff. Seine Finger sind überall, er zerrt an mir, seine Hände sind zwischen meinen Schenkeln. Ich bäume mich auf. Auf einmal sehe ich schwarze Augen. Ich spüre andere Lippen auf meinem Mund. Sie brennen ...

»Nein!« schreie ich. Mit aller Kraft, die mir zur Verfügung steht, stoße ich ihn von mir.

»Ich will es nicht, ich will es nicht, merkst du das denn nicht!« Ich schreie ihn an wie nie zuvor.

Dan sieht mich entgeistert an. An seinem Hals beginnt es zu pochen. Sein Gesicht rötet sich. Ich bin ganz still, beobachte das fremde Gesicht vor mir.

»Was ist mit dir los, Karen? Was? Hast du einen anderen? Los, gib es zu! Gibt es da jemanden in deinem Strandhaus? Oder gibt es vielleicht gar kein Strandhaus, sondern nur einen anderen Mann? Ist er besser als ich?« Seine Stimme überschlägt sich fast. »Hat er dir mehr zu bieten?«

»Nein! Du tust zu viel für mich. Du machst mich krank, und jetzt auch noch diese Kette.« Ich löse sie mit zitternden Fingern und werfe sie vor ihn hin.

Dan erstarrt, er stürzt ein weiteres Glas Wein hinunter, nimmt die Kette vorsichtig auf, legt sie auf den Tisch und geht zur Tür.

»Du sollst mir zuhören! Wir müssen reden!« rufe ich ihm nach.

»Nicht heute, Karen, nicht heute, ich will keinen Streit, nicht in den wenigen Stunden, die wir zusammen sind.«

»Du willst nie!« Doch da ist er schon im Badezimmer verschwunden. Ich sitze in dem vollkommen stillen Raum, fühle mich trotz des Alkohols wieder nüchtern und hellwach. Unwillkürlich fange ich an, Geschirr und Gläser in die Küche zu tragen. Kurz darauf steht Dan in der Tür.

»Lass ruhig alles liegen, ich mache das morgen.«

»Ich kann jetzt nicht schlafen.«

Er geht wieder. Ich bewege mich nur langsam, lasse mir viel Zeit, trage jedes Stück einzeln in die Küche und räume es in die Spülmaschine. Ich hoffe, dass Dan ins Bett geht und gleich schläft. Als ich nichts mehr höre, gehe auch ich ins Bad.

Als ich mich ohne das Licht einzuschalten in das Bett neben ihn lege, verraten mir Dans gleichmäßiger Atem und das leise Schnarchen, dass er wirklich schläft. Sehnsüchtig hoffe ich ebenfalls auf baldigen Schlaf. Aber der will sich nicht einstellen. Immer wieder drängt sich ein Gesicht in meine Erinnerung, ein Gesicht mit dunkelbraunen Augen. »Ich liebe dich«, flüstert mir eine zärtliche Stimme ins Ohr. Nein, das stimmt nicht, das hat er gar nicht gesagt. Ich verstehe dich, ich verstehe dich gut, hatte er gesagt, und dann hatte er mich geküsst. Aber bedeutet das nicht das Gleiche? Wieder und wieder spüre ich seinen Kuss. Ich stelle mir vor, dass mich seine langen, schmalen Hände berühren. Ich sehne mich danach, nach ihm, nach seiner Zärtlichkeit. Es ist so lange her, dass ich eine leidenschaftliche Umarmung genoss. Genau genommen kann ich mich nicht einmal mehr daran erinnern.

Auf einmal schrecke ich hoch. Rita ist meine Freundin. Was habe ich getan? Auch wenn unsere Freundschaft längst nicht mehr so intensiv ist wie früher, so ist eine Liebe zwischen Robert und mir vollkommen unmöglich. Ich selbst hatte Rita von ihm abgeraten, als sie sich über seine vielen Reisen, seine häufige Abwesenheit beklagte.

»Er ist kein Mann für eine feste Beziehung. Er wird dir niemals allein gehören. Er ist kein Mann, mit dem man eine Familie gründet.« Wie altklug, wie abscheulich vernünftig hatte ich auf sie eingeredet. Und nun will ich genau diesen Mann für mich selbst.

# 8

Ich halte es nicht mehr aus im Bett und schleiche aus dem Zimmer. Leo kommt mir entgegen. Ich schütte ihm etwas Sahne in seine Schale und setze mich im Wohnzimmer auf die Couch. In welche neue, zusätzliche Verwirrung stürze ich mich gerade? Ich hatte Dan verlassen und dabei von Freiheit und Unabhängigkeit geredet, von Selbstverwirklichung durch das Schreiben meines Buches. Nun bin ich dabei, mich in einen Mann zu verlieben, gegen den jede Vernunft spricht. Oder liebe ich ihn schon lange? Ich bin entsetzt und aufgewühlt. Im Badezimmerschrank suche ich nach einer Schlaftablette und spüle sie mit einem großen Schluck Wasser hinunter. Ich möchte vergessen, nicht mehr denken müssen. Ich schalte den Fernseher ein. Bilder flimmern vor mir. Ich kann mich kaum darauf konzentrieren, doch sie lenken mich ab. Leo kuschelt sich schnurrend an mich. Ich warte, bis die Tablette meine Glieder schwer werden lässt, dann taumle ich ins Bett.

Wie spät ist es? Langsam dringen Geräusche durch die Tablettenwand. Der Alkohol vom Abend macht sich durch leichte Kopfschmerzen bemerkbar. Das Erwachen ist unangenehm. Motorengeräusche und Hupen dringen an mein Ohr. Mir fehlen das vertraute Rauschen der Wellen und die Schreie der Möwen. Erst langsam begreife ich, wo ich bin. Das Bett neben mir ist leer. Kaffeeduft. Trotzdem drehe ich mich noch einmal um.

Was war das nur für ein ungewöhnlicher Traum? Ich versuche, mich an die Bilder zu erinnern: Ich war in einem großen Palast und ging eine breite Treppe hinauf. Eigentlich war es überhaupt kein richtiges Gebäude. Wände und Dach bestanden aus filigranen Metallstäben. Genau besehen, ähnelte es einem riesengroßen Käfig. Ich bewegte mich staunend durch die luftige Halle. Vögel schwirrten herum, und plötzlich war alles voll weißer, tanzender Schneeflocken. Sie waren nicht kalt, und verwundert stellte ich fest, es waren weiße Blütenblätter, die durch die Luft wirbelten. Die Gitterstäbe waren an vielen Stellen angerostet, teilweise ausgebrochen, Gräser und Blumen wuchsen überall durch. Ich verließ das Haus, das dabei war, sich aufzulösen.

Es war ein schöner Traum. Das Haus, die Sonne, das transparente Gebilde, die frei durch die Luft segelnden Vögel und der Schnee, der zu Blütenblättern wurde. Doch ich war allein, und das bedrückt mich. Robert! Wie naheliegend wäre es gewesen, ihm im Traum zu begegnen. Wie hätte ich mir einen Hinweis, einen positiven Blick in die Zukunft gewünscht. Stattdessen war da nur diese Leere und Einsamkeit.

Das Haus, in dem ich eingeschlafen bin, hat sich nicht aufgelöst. Fest und unerbittlich umschließt es mich. Ich möchte unter die Bettdecke schlüpfen und in Maine wieder aufwachen. Ich weiß, das wird nicht passieren, daher entschließe ich mich, das Aufstehen und die Begegnung mit Dan nicht länger hinauszuzögern. Es ist bereits elf Uhr. Vielleicht können wir ja heute miteinander reden.

Dan ist in der Küche. Er hat aufgeräumt und Frühstück gemacht. Er wendet sich mir freundlich zu, als wäre nichts geschehen. Dabei sieht er elend aus. Anstelle des Selbstmitleids fühle ich brennende Schuldgefühle. Leo ist total verstört. Dan will ihn hinauslassen. Ich wehre entsetzt ab: »Der läuft in seiner Panik vor das nächste Auto.« Erstaunlicherweise lässt Leo sich von mir auf den Arm nehmen. Dan beobachtet mich, dann spricht er mich an: »Verzeih mir Liebling, wenn ich dich gestern so überfahren habe. Es war ein Fehler, ich weiß«, während seine Arme dabei hilflos an ihm herunterhängen sind seine Augen eine einzige flehende Umarmung.

»Nimm das Geschenk an. Nimm mir nicht jede Hoffnung, dass alles wieder gut wird.« Seine Zerknirschtheit raubt mir jeden Mut zu einem offenen Gespräch. Was soll ich ihm denn sagen? Dan, ich liebe dich nicht mehr, ich habe mich in den Freund meiner Freundin verliebt? Robert ist zwar nicht bindungsfähig und vermutlich auch nicht treu, trotzdem wünsche ich mir seine Zärtlichkeiten, während ich deine nicht mehr ertragen kann. Ich kann nicht mehr mit dir leben, ich kann dich nicht heiraten und Hausfrau und Mutter deiner Kinder werden. Im Moment weiß ich überhaupt nicht mehr, was ich will.

Ich sage nichts von alledem, sondern nehme die Tasse Kaffee, die er mir reicht, gehe damit ins Bad, schlucke ein Aspirin gegen die Kopfschmerzen und stelle mich unter die Dusche. Während das Wasser auf mich niederprasselt, denke ich an meine Heimfahrt. Morgen um diese Zeit bin ich schon unterwegs. Merkwürdig, nach nur zwei Monaten nenne ich es schon Heimfahrt. Ich rieche plötzlich das sonnenwarme Holz des Hauses und das Meer. Ich wünsche mir dort zu sein. Mir fehlt Grace. Ich sehe ihr herbes Gesicht vor mir und höre ihre ruhige und besonnene Stimme. Ja, Grace wird mir helfen, meine Gefühle zu ordnen. Der Gedanke an sie beruhigt mich.

Nachdem ich angezogen bin, lege ich etwas Farbe auf, dann gehen wir in die Stadt, um irgendwo etwas zu essen. Die Luft ist frisch, und die freundlich goldene Herbstsonne hat viele Menschen nach draußen gelockt. Alle scheinen gut gelaunt. Wir bummeln durch den Public Garden und den Common Richtung Innenstadt. Die Fenster der Geschäfte sind passend zu Halloween mit Geistern, Skeletten, Hexenmasken und Kürbisgesichtern dekoriert. Am Quincy Market kommen uns Masken entgegen. Vermutlich waren sie bei einer der zahlreichen Paraden. Die meist gruseligen, manchmal todernsten Gesichter stehen in großem Gegensatz zu den fröhlichen Tänzen. Ein Clown torkelt grinsend auf mich zu, als wolle er mich verhöhnen. Er hakt sich bei mir ein und zieht mich einige Meter mit. Das Treiben wird dichter, wir flüchten ins Margarita. Hat Dan es mit Absicht ausgewählt? Hier hatte alles begonnen. Ist das der Abschluss? Hofft er, dass es einen Neubeginn für uns geben wird? Wir bemühen uns, über belanglose Dinge zu reden. Unsere Gesten und Blicke sind unbeholfen und bleiben meist irgendwo in der Luft hängen. Es ist anstrengend, aber noch gefährlicher scheint es zu schweigen.

Am Abend ist Dan merkwürdig ruhig. Wenn ich ihn anspreche, antwortet er freundlich, doch er bemüht sich nicht sonderlich um ein Gespräch. Scheinbar interessiert sieht er auf den Fernsehschirm. Bald sage auch ich nichts mehr. Schmerzhaft breitet sich wieder die schon vertraute Wehmut und Trauer in meinem Körper aus.

Ein Klingeln schrillt in die dumpfe Stille hinein. Rita ist am Telefon und will sich von mir verabschieden. Diesmal scheint sogar sie die bedrohliche Stimmung durchs Telefon zu spüren.

»Ist alles okay bei euch?« fragt sie.

»Ja, ja, ich bin nur sehr müde«, wimmle ich sie ab. »Ja, ich melde mich.«

Von Robert sagt sie kein Wort.

Ich gehe ins Bad, schlucke zwei Schlaftabletten und schminke mich ab. Bevor ich ins Bett gehe, lege ich kurz meine Hand auf Dans Schulter und wünsche ihm eine gute Nacht. Er wendet sich mir zu, sieht mich nachdenklich an, sagt »Schlaf gut«, ohne mich dabei zu berühren. Im Bett ziehe ich mir die Decke über den Kopf und weine mich in den Schlaf.

Der Abschied am nächsten Morgen ist kurz. Dan lässt mich nach einer flüchtigen Umarmung ohne irgendwelche Vorwürfe gehen. Ich bin ihm dankbar dafür. Aufatmend verlasse ich die tobende Stadt und bin froh, als ich den Highway erreiche.

# 9

»Leo, wir fahren heim.« Mein zutiefst beleidigter Kater antwortet mir nicht.

Als ich vor dem verwitterten Häuschen ankomme, habe ich das Gefühl, mehrere Wochen fort gewesen zu sein. Sogar Leo schnurrt begeistert. Wird er sich jemals wieder woanders eingewöhnen? Hocherfreut über die wieder gewonnene Freiheit verschwindet er im Piniengestrüpp hinter dem Haus. Für Leo ist die Welt nun in Ordnung.

Für mich ist das nicht so einfach. Das Wochenende in Boston hat mich verwirrt. Die Illusion, eine vorübergehende Trennung von Dan würde unsere Beziehung verbessern, hat sich in Luft aufgelöst. Der Bruch zwischen ihm und mir ist tiefer, als ich es jemals für möglich gehalten hätte. Die Trennung ist endgültig. Plötzlich wird mir klar, dass genau diese Entscheidung in den letzten Tagen gefallen ist. Diese plötzliche Erkenntnis der Endgültigkeit nimmt mir fast den Atem. Ob Dan das auch mit dieser Klarheit weiß? Wie soll ich ihm das beibringen? Panik überfällt mich. Die Zukunft ist ein schwarzes Loch, das mich zu verschlingen droht.

Am nächsten Tag fahre ich nach Bath. Ich habe Sehnsucht nach Grace. Im Vergleich zur Einsamkeit bei meinem Strandhaus ist in Bath viel los, gegenüber Boston allerdings ist es gemächlich und überschaubar. Nach meinem routinemäßigen Einkauf betrete ich den Intown-Pub, und es kommt mir vor, als wäre ich von einer längeren Reise nach Hause zurückgekehrt. Das holzgetäfelte, gemütliche Restaurant scheint inzwischen das einzig Konstante in meinem Leben zu sein. Wie schön ist es, Grace wie immer hinter der Theke hantieren zu sehen.

»Karen!« Erfreut kommt sie mir entgegen und umarmt mich herzlich. Dann rückt sie etwas von mir ab und betrachtet mich prüfend.

»Wie war es in Boston? Hey, du siehst nicht gerade glückstrahlend aus. Wie ist es gelaufen?«

Mir steigen Tränen in die Augen. »Oh Grace, es war schrecklich. Ich fühle mich schlecht, schlechter als davor, schlechter als zuvor«, und schon fließen die Tränen.

»Komm, setz dich erst einmal hin, ich hole uns Kaffee. Oder brauchst du was Stärkeres?«

»Nein, Kaffee ist gut«, lächle ich gequält.

Sie füllt zwei große Tassen und setzt sich mir gegenüber.

»Jetzt erzähl, was war denn so schrecklich?«

»Ach, schrecklich ist eigentlich nicht das richtige Wort. Nein, das Wochenende war nicht schrecklich. Schrecklich ist nur, dass ich nichts klären konnte.«

»Konntet ihr nicht miteinander reden?«

»Ach Grace, Dan ist entweder furchtbar ahnungslos, oder er will es nicht wahrhaben. Ja, das ist es wahrscheinlich. Er will es nicht wissen. Er fragt nicht, was ich denke, nicht, was mich beschäftigt, nicht, wie ich hier lebe, wie mein Tagesablauf ist, was mein Buch macht. Nichts, nichts, nichts! Ich hätte abgenommen, das war alles, was er festgestellt hat.«

»Hat ihm das wenigstens gefallen?«

»Es hat sich nicht so angehört. Eher so, als ginge es mir schlecht, wenn er sich nicht um mich kümmert.«

»Aha, er glaubt also, dass du nicht selbst für dich sorgen kannst. Der kennt dich aber schlecht.«

»Das ist Dans Art, mir seine Liebe zu zeigen. Alle haben sich sehr viel Mühe gegeben. Es war einfach umwerfend«, schluchze ich heraus. Als ich wieder reden kann, schildere ich ihr den ganzen Ablauf, angefangen von der verkrampften Begrüßung, von den Rosen, der teuren Kette, über das liebevoll von Dan und Rita geplante und gekochte Essen bis zu Dans Fürsorge allgemein.

»Grace, du hast Recht, er behandelt mich wie ein Kind. Und diesmal empfand ich es besonders schlimm. Jede Minute des Tages war verplant. Ich war eine Marionette, an deren Fäden jeder nach Belieben zieht. Trotzdem habe ich es nicht fertiggebracht, mich darüber zu beschweren. Es war ja auch rührend und bestimmt gut gemeint. Außerdem fühle ich mich mitschuldig daran, dass Dan so unglücklich ist.«

Am Schluss weiß Grace alles, nur das von Robert nicht. Irgendetwas lässt mich dieses Geheimnis verbergen. Ich kann mir nicht vorstellen, dass Grace das verstehen würde. Die gute, praktische, unsentimentale Grace. Ich habe Angst davor, sie könnte mich dafür verurteilen. Hingegen kann ich mir gut vorstellen, wie sie es energisch mit der Hand wegwischt und sagt: »Mädchen, lade dir nicht noch ein weiteres Problem auf.« Und: »Männer bedeuten immer Probleme.« Das hatte sie ganz am Anfang einmal zu mir gesagt.

Obwohl ich vermute, dass sie Recht hat, bin ich nicht bereit, meinen heimlichen Traum aufzugeben. Zu deutlich sehe ich seine schwarzen Augen vor mir. Viele Worte, die er im vergangenen Jahr sagte, bekommen nun eine ganz andere Bedeutung. Und immer wieder spüre ich seinen Kuss. Auch wenn dieses süße Geheimnis das Einzige ist, was mir von dem Moment geblieben ist, so ist es doch mehr als alles, was seit langem geschah.

Grace streicht beruhigend über meine Hand, die nervös an einer Serviette herumzupft.

»Ich komm gleich wieder.« Sie ist aufgestanden, um die Kaffeekanne zu holen, dann füllt sie erneut unsere Tassen.

»Grace, warum ist das Leben, warum sind Beziehungen nur so schwierig?«

»Lass dich nicht hängen, Mädchen, das bleibt nicht immer so. Vielleicht hat sich mehr geklärt, als du jetzt glaubst.«

Fragend blicke ich Grace an. Ahnt sie, dass ich etwas vor ihr verberge? Doch ich lese nichts Derartiges in ihrem Gesicht. Es ist mir freundlich zugewandt wie immer. Das beruhigt mich. Der Verlust ihrer Freundschaft käme einer Katastrophe gleich. Mein Leben ist auch so schon schwierig genug.

Das Wochenende in Boston hat mich zurückgeworfen. Alles ist so anders. Es gelingt mir nicht, meinen gewohnten Tagesablauf aufzunehmen. Auch meine täglichen Schwimmübungen habe ich eingestellt. Obwohl ich am Schluss ziemlich abgehärtet war, ist es mir jetzt doch zu kalt. An meinem Buch kann ich nicht weiterarbeiten. Fast kommt es mir vor, als wären auch Sarah, Tom und Shirley verreist und noch nicht zurückgekehrt.

Ich räume im Haus auf, koche, trinke Kaffee oder versuche zu lesen. Wenn ich vor innerer Anspannung nicht mehr sitzen kann und wie ein eingesperrtes Wildtier im Raum hin- und herzugehen beginne, ist es an der Zeit, hinaus an die frische Luft zu gehen. Das Meer konnte meine Unrast noch immer am besten besänftigen. Die kraftvoll ans Ufer rollenden Wellen vermitteln mir ein Gefühl der Beständigkeit, während sich sonst alles fortwährend zu verändern scheint.

# 10

Die Tage sind kurz geworden. Wenn ich aufwache, ist noch dunkle Nacht, und früh schon setzt die Dämmerung wieder ein. Die Farben sind verblasst, so als läge ständig ein zarter Schleier über allem. Immer seltener sehe ich Menschen am Strand. Nur wenige Tage später bedecken dicke Wolken den sonst so blauen Himmel. Ein scharfer Wind saust das Ufer entlang. Die Wellen türmen sich zu Gebirgen auf und peitschen mit Wucht gegen das Ufer. Der Indian Summer ist endgültig vorbei.

Von Grace weiß ich, dass ab Mitte November mit Schnee zu rechnen ist. Schlagartig wird mir bewusst, ich muss schnellstens Vorräte einkaufen. Grace hatte mir von Wintern erzählt, in denen man für Tage im Haus eingeschneit war und alle Straßen unpassierbar wurden.

Meine Einkaufsliste ist lang. Neben den üblichen Lebensmittelvorräten decke ich mich mit vielen Konserven ein. Außerdem kaufe ich jede Menge Katzenfutter, mehrere Pakete Kaffee und Tee, Streichhölzer und Kerzen. Aus dem Schreibwarenladen besorge ich mir Papier für den Drucker und aus der Buchhandlung Lesestoff: drei Romane – zwei Neuerscheinungen und ein Klassiker, ein 800 Seiten starker Wälzer, den ich schon seit langem lesen will. Der Wagen ist übervoll. Physisch zumindest bin ich für einen längeren Schneesturm bestens gerüstet.

Als ich danach in den Pub komme, sieht mir Grace erwartungsvoll entgegen.

»Und, hast du Besuch bekommen?«

»Nein, wie kommst du darauf?«

»Oh, hier hat vor einigen Tagen jemand angerufen und sich nach dir erkundigt.«

»Wer?« frage ich überrascht und denke sofort an Robert.

»Ich weiß nicht, Harry war am Telefon. – Harry! Weißt du, wer das war, der sich nach Karen erkundigt hat?« ruft Grace.

Der freundliche, aber etwas wortkarge Koch kommt aus der Küche und trocknet sich verlegen die Hände an der Schürze ab.

»Harry, was wollte der Anrufer, der sich nach Karen erkundigt hat?«

»Es war ein Mann. Er hat sich nach dem Weg zu dem Haus erkundigt, wo die junge Journalistin wohnt. Sonst weiß ich nichts.«

»Hat er seinen Namen genannt, und hast du ihm den Weg erklärt?« mische ich mich aufgeregt ein.

»An einen Namen kann ich mich nicht mehr erinnern. Ich habe versucht, ihm den Weg zu erklären. Aber ich habe ihm auch gesagt, dass es sehr schwierig zu finden ist. Ich habe ihm geraten, sich besser hier zu melden. Hätte ich das nicht tun dürfen?« fragt er verunsichert.

»Nein, nein, ist schon okay«, beruhige ich ihn. Robert, das kann nur Robert gewesen sein, denke ich.

»Hast du eine Vorstellung, wer das sein könnte?« will Grace wissen.

»Erwartest du jemanden?«

»Nein, keine Ahnung.« Ich verschweige Robert, obwohl ich mir ganz sicher bin.

Nun fällt es mir schwer, Grace weiter zuzuhören. Was hat Robert vor? Warum hat er keine Nachricht hinterlassen? Wird er sich wieder melden oder eines Tages einfach vor meiner Tür stehen, wie er es scherzhaft angekündigt hat?

# 11

Auf der Heimfahrt scheine ich zu schweben. Ich fühle mich federleicht. Hoffnung lodert auf. Nichts ist für immer festgeschrieben, kein eingeschlagener Weg unabänderlich. Neues ist jeden Tag möglich. Erwartung ist in mir, unvernünftig und doch verlockend süß. Ein knisterndes Prickeln wie an Weihnachten, unmittelbar vor der Bescherung – oder vor einem langersehnten ersten Rendezvous.

Ich verdränge den Gedanken an schlechtes Wetter und lange Wintermonate und bin überzeugt, dass bald etwas Wunderbares geschehen wird. Robert, ich sehe ihn vor mir, spüre seine Umarmung und schmecke seinen Kuss. Eine weiche Welle umspült mich. Robert, Robert, wie soll ich jemals wieder einen klaren Gedanken fassen können? Ich sehe ihn auf mich zukommen. Endlich. Warum haben wir nur so lange gebraucht. Ja, warum könnte, warum sollte es nicht einfach so sein? Mit Robert? Warum nicht mit ihm? Alle Bedenken über Bord werfen und es einfach wagen. Mein Herz macht einen kleinen Satz. Einfach heraus aus der Verwirrung, hinein in die Arme des herbeigesehnten Mannes. Da ist es wieder, dieses längst vergessen geglaubte Verlangen.

Ich stelle das Auto ab und laufe ohne auszupacken zum Wasser hinunter. Und ich spiele das Spiel, das ich als Kind so gern mochte. Ich tue so, als wäre das, was ich mir wünsche, Wirklichkeit. Ich male es mir aus, in schillernden Farben. Robert geht neben mir den Strand entlang. Seine Hand umschließt die meine. Manchmal spüre ich ihren zarten Druck. »Es ist schön hier, ich kann dich verstehen«, sagt er zu mir. Ich sehe und spüre die Sonne. Wir genießen den Wind, der uns sanft umweht, die Möwen, kleine silberne Pfeile, an uns vorbeifliegen und gelegentlich schrille Schreie ausstoßen. Unsere Schritte werden begleitet vom gleichmütigen Gemurmel des Wassers.

Ich erzähle Robert von den unzähligen Stunden, in denen ich hier entlanggewandert bin. Ich erzähle ihm von Wind und Sturm. Von den sommerlich heißen Tagen, die fröhliche Menschen an den Strand gespült haben. Wie ich Sarah und Tom hier zum ersten Mal begegnet bin. Bei den Felsen angekommen, setzen wir uns. Er legt den Arm um mich, und wir betrachten den weit entfernten Horizont. Dabei denken wir an Europa, die Welt auf der anderen Seite des Atlantiks. Wir überlegen, wo wir jetzt gerne sein möchten. Auf dem Eiffelturm, mit Paris zu unseren Füßen, auf der Croisette in Cannes, oder in Rom, vielleicht bei der Fontana di Trevi, ich werfe drei Münzen hinein, das soll Glück bringen.

Robert, ich kann ihn mir überall vorstellen, braungebrannt, groß und gut gebaut. Klick, klick, klick, unersättlich verschlingt seine Kamera das reichhaltige Angebot. Doch der Blick seiner braunen Augen gehört nur mir. Auch ich bin braungebrannt und glückstrahlend. Wie früher.

Ich spüre weder den Wind, noch bemerke ich das Grau am Himmel. Zurück im Haus hält meine euphorische Stimmung an. Die Zukunft ist ein großes Versprechen.

Nachdem ich die Einkäufe verstaut habe, bereite ich mir einen Tee zu. Bald werden wir vielleicht gemeinsam Tee trinken, gemeinsam planen, irgendwann gemeinsam Koffer packen. Hingehen, wo es uns gefällt, schreiben und fotografieren. Ich muss mit Grace darüber reden. Ob Robert ihr gefällt?

Ich kann in dieser Nacht lange nicht einschlafen. Zappelig wälze ich mich von einer Seite auf die andere, bis ich endlich in den frühen Morgenstunden in einen unruhigen Schlaf falle.

Ich bin erstaunt, Rita zu sehen. Wie ein Schatten steht sie in dem dämmrigen Raum.

»Rita!«

Sie sieht blass aus.

»Rita, was machst du denn hier?« frage ich überrascht.

»Ich will Robert zurückhaben«, antwortet sie mit tonloser Stimme.

»Aber Robert ist gar nicht hier.«

»Doch, er ist hier. Meinst du, ich habe nicht mitbekommen, was ihr ausgemacht habt? Glaubst du, ich habe nicht gesehen, dass du von Anfang an Interesse an ihm hattest.«

»Rita, ich bin doch weggegangen!«

»Ja, weil du Freiraum wolltest. Ich weiß schon, welchen Freiraum du meinst. Und ich dachte, du wärst meine Freundin.«

Verächtlich blickt sie mich an. Ich fühle mich schlecht und spüre Schuldgefühle in mir hochsteigen.

»Ich weiß nicht, was du willst, Rita, es ist gar nichts geschehen, du warst doch immer dabei.«

»Aber jetzt wollt ihr allein und ungestört sein.«

»Robert ist nicht hier!«

»Meinst du wirklich, ich bin blind und sehe ihn nicht?«

Nun entdecke auch ich ihn, Robert, auf einer Bank in einer dunklen Ecke des Raums. Er beobachtet uns wie ein Zuschauer. Irritiert wandert mein Blick zwischen ihm und Rita hin und her.

»Er macht das immer wieder, besucht andere Frauen, und ich muss ihn zurückholen. Was glaubst du, wie oft ich das schon gemacht habe.«

»Du meinst, wenn er weggeht, dann ist er immer bei anderen Frauen und fotografiert gar nicht?«

»Ja, was hast denn du gedacht?«

Ich bin entsetzt. »Er hat gesagt, dass er mich liebt.«

»Und das hast du wirklich geglaubt?«

»Robert!« Hilfesuchend sehe ich mich nach ihm um. »Sag doch etwas.«

Robert zuckt nur wortlos mit den Schultern.

»Übrigens ist Robert verheiratet«, schiebt Rita eiskalt nach.

»Nein! Das ist nicht wahr!« Robert hat inzwischen den Blick zu Boden gesenkt.

»Und du«, fauche ich Rita jetzt wütend an, »warum bist du dann mit ihm befreundet?«

»Ich bin bereit, ihn zu teilen, du jedoch nicht, du willst ihn für dich allein.«

Schweißgebadet erwache ich aus dem Alptraum. Minutenlang liege ich bleischwer und bewegungslos im Bett. Die Euphorie des Vorabends ist verflogen. Robert verheiratet? Sicher, es war nur ein Traum, aber was weiß ich denn von ihm? Könnte es nicht tatsächlich so sein? Ich erinnere mich an unsere erste Begegnung. Hatten nicht sofort sämtliche Alarmsignale bei mir geschrillt? Hat mich dieser Traum vielleicht nicht nur daran erinnert, was ich schon längst wusste, aber verdrängt habe? Ich halte es für durchaus möglich, dass Robert verheiratet ist. Ja, ich bin mir sogar ziemlich sicher. Oder warum sollte er nicht wenigstens weitere Freundinnen haben? Schließlich hatte er auch mit mir von der ersten Minute an heftig geflirtet. Seine Lebensweise ermöglicht ihm ein Doppel- oder sogar Mehrfachleben ohne große Schwierigkeiten. Wie ein Kartenhaus ist meine Vision in sich zusammengestürzt. Mein kindlich romantischer Tagtraum von gestern beschämt mich heute. Wie konnte ich mich nur so treiben lassen? Ich habe genau das getan, was ich Rita immer vorgeworfen habe. Ich habe jegliche Vernunft beiseitegeschoben. Selbst wenn Robert nicht verheiratet ist und es keine anderen Frauen in seinem Leben gibt, hat er oft genug betont, dass eine Beziehung für ihn kein Grund ist, sein Leben zu ändern. Wie ernst er das meint, hat er in der Beziehung mit Rita deutlich gezeigt. Warum sollte er das wegen mir ändern? Ich bin verrückt. Womöglich galt seine Freundschaft und Sympathie der Frau, die ihm wesensverwandt erschien, gerade in dem Wunsch nach Freiheit und Unabhängigkeit. Sicher hat er an einen netten, unkomplizierten Kontakt gedacht, während ich in meine frühesten Mädchenträume zurückgefallen bin.

Wie einfach und unkompliziert war es mit Dan, von Anfang an. Über die Ernsthaftigkeit unserer Beziehung musste ich nicht rätseln. Warum hat mir das alles nicht mehr genügt? Vielleicht gibt es das große, dauerhafte Glück überhaupt nicht, oder ich bin zu einer solchen Beziehung nicht fähig. Vielleicht ist Robert der Wolf, der mich dazu verführt, vom geraden, klaren Weg abzuweichen. Vielleicht hätten Dan und ich unsere Krise überwunden, wenn Robert mir nicht begegnet wäre. Wieder stoßen meine Gedanken an eine Mauer, an der es nicht weitergeht.

# 12

Unruhig laufe ich im Haus herum. Auch draußen fühle ich mich nicht mehr frei. Ich haste am Ufer entlang, ohne meine Umgebung wahrzunehmen. Ebenso ungeduldig renne ich ins Haus zurück. Irgendetwas treibt mich. Die Tage entgleiten mir. In einem halben Jahr wird Clifford das Haus wieder selbst beziehen. Spätestens dann wollte ich mein Buch fertig haben. Während der ersten zwei Monate glaubte ich, das wäre kein Problem. Nun bin ich mir nicht mehr sicher. Ich möchte arbeiten und kann es nicht. Was ist, wenn ich es nie mehr kann? Wenn es mir hier genauso geht wie in Boston. Wenn ich den Rest meiner Zeit am Schreibtisch sitze und dabei nur zum Fenster hinaus starre?

Ich wünsche mir ein Wunder, ein winzig kleines, einen einzigen guten Satz oder wenigstens ein schönes Wort, das alles wieder in Bewegung bringt. In meiner Not fange ich zu putzen an. Ich wische Fensterbänke und Regale ab, schrubbe Fußböden und räume Schränke um. Ich stelle eine Liste mit Tätigkeiten auf und arbeite sie Punkt für Punkt ab, geradeso als ließe sich damit auch die Unordnung in meinem Inneren beseitigen. Die Tätigkeiten sind das Geländer, an dem ich mich entlang hangele, sie sind mein Schutz vor einem gefährlichen Abgrund.

Manchmal ändern sich Dinge eines Tages ganz von selbst. Doch ich spüre bleiernen Stillstand und weiß nicht, was geschehen müsste, damit sich das ändert. Ich fühle mich gelähmt. Ich bin Dornröschen hinter der Dornenhecke, nach jenem verhängnisvollen Stich. Einhundert Jahre schlief Dornröschen, bis der Prinz kam, das dichte Gestrüpp entfernte und sie mit einem zärtlichen Kuss aufweckte.

Es schüttelt mich. Widerwille steigt in mir hoch, Ablehnung gegen die klebrige Süße der Bilder aus meiner Kinderzeit. Nein, ich bin nicht Dornröschen. Ich will nicht warten, bis ein Prinz kommt, der mich rettet.

Wieder umkreise ich meinen Schreibtisch, taste mich an einem unsichtbaren Hindernis entlang, das mich davon abhält, mich hinzusetzen, den Computer einzuschalten und weiterzuschreiben.

Ich lese in meinem Manuskript. Das hat mir in der Vergangenheit gelegentlich geholfen.

Die Geschichte, die ich erst vor wenigen Wochen begann, erscheint mir fremd. Das überrascht mich, doch die Geschichte gefällt mir. Zuversicht regt sich. Irgendwie hatte ich wohl befürchtet, sie wäre nicht gut, und das würde mich am Weiterschreiben hindern. Das ist es nicht. Dann fällt mir etwas Anderes auf. Jetzt sollte eigentlich die Szene kommen, in der Shirley Rauschgift in Sarahs Gepäck schmuggelt. Dies würde dann am Zoll entdeckt werden, und Sarah käme ins Gefängnis. Auf diese Weise sollte Shirley versuchen, ihre Konkurrentin aus dem Weg zu räumen. Und auf einmal weiß ich, das funktioniert nicht. Ich kann die Geschichte so nicht weiterschreiben, nicht mit dieser Shirley. Für eine derart gemeine Aktion ist sie viel zu sympathisch. Ich kann es nicht. Und kein Leser würde das akzeptieren. Dieses Verbrechen sollte jedoch der Höhepunkt der Geschichte sein. Mir ist klar, dass ich nicht weiterschreiben kann, wenn das Herz der Geschichte nicht funktioniert.

Ich bin total erschlagen. Das hieße ja, ich kann gar nicht weiterschreiben. Es ist nicht nur eine kleine, vorübergehende Krise. Ich könnte losheulen. Die ganze Arbeit, die in dem Roman steckt! Wie konnte es nur geschehen, dass mir diese verhängnisvolle Entwicklung nicht aufgefallen ist? Und doch, es gab Warnsignale, die mir zeigten, dass etwas aus dem Ruder geraten war, meine Figuren sich in eine ganz andere Richtung entwickelten? Ich hatte sie ignoriert, und nun muss ich dafür büßen. Geknickt sitze ich vor meinem Computer, pendle zwischen Resignation und Auflehnung.

Mein Eigensinn gewinnt. Nach einer halben Stunde, in der ich zum wiederholten Male das Bündel Notizzettel energisch von allen vier Seiten zu einem akkuraten Stapel geklopft, den Bildschirm abgestaubt und mit Wattestäbchen gründlich die Zwischenräume der Tastatur gereinigt hatte, schalte ich das Gerät ein. Ich lasse den Text langsam auf dem Bildschirm abrollen. Wo könnte, wo müsste ich beginnen? Als sich Tom und Shirley ihrer Liebe füreinander bewusstwerden, oder schon früher, als sie sich noch unsicher umkreisen? Absatz für Absatz gehe ich zurück. Ich konstruiere neu, experimentiere, fasse Entschlüsse, um sie wieder zu verwerfen. Zu sehr ist die Geschichte aus einem Guss, ich kann sie nicht ändern, ohne das gesamte Gewebe zu zerstören. Aufstöhnend koche ich erst einmal Kaffee. Er schmeckt mir nicht. Ich brauche frische Luft. Die im Raum empfinde ich plötzlich als heiß und abgestanden.

Ich ziehe den Mantel an und verlasse beinahe fluchtartig das Haus. Draußen empfängt mich frische würzige Herbstluft. Erleichtert fühle ich die angenehme Kühle auf meiner heißen Stirn. Nur schwach blinzelt die Sonne durch einen dunstigen Schleier. Dort, wo im September fast täglich ein buntes Treiben herrschte, ist eine weite, leere Fläche. Gelegentlich ein Stein, Muscheln und ab und zu weiße, ausgebleichte Äste, die wie Skelette gegen den Himmel ragen. Da ist die Stelle, an der ich nur wenige Wochen zuvor das junge Paar sah – für mich nun Sarah und Tom. Der Platz, an dem sie herumtobten wie Kinder, wie junge Katzen sich balgten und wenig später zufrieden und glücklich in der Sonne dösten. Plötzlich bin ich traurig. Dann beschließe ich trotzig: Wie auch immer, ich werde diese Geschichte zu Ende schreiben. Die Figuren sind zu lebendig geworden. Sie aufzugeben, käme mir vor wie Mord.

Plötzlich zucke ich unter einem schrillen Schrei zusammen. Eine Möwe ist im Sturzflug dicht an meinem Kopf vorbeigeschossen. In elegantem Bogen zieht sie weiter und verschwindet im Durcheinander der anderen. Sie bewegen sich so frei! Sehnsüchtig blicke ich ihnen nach. Ob die Möwen immer genau wissen, was sie tun? Ob sie ihre Wege im Voraus kennen? Sind sie wirklich frei, oder folgen sie einem vorgegebenen Plan? Ich beneide sie um die Leichtigkeit, die ihr Flug vermittelt. Könnte ich doch auch Flügel ausbreiten und segelnd durch die Lüfte schweben.

Es müsste herrlich sein, sich von der Erde abzuheben. Ich schließe die Augen, erlaube mir die Vorstellung, wie es sein könnte. Sehnsuchtsvoll breite ich die Arme aus und drehe einige Pirouetten. Ein angenehmer Taumel erfasst mich, und ich drehe mich weiter, immer schneller und schneller, bis die Welt um mich zu kreisen scheint. Ich habe Mühe anzuhalten, mir ist schwindelig, und ich fühle mich, als hätte ich zu schnell ein Glas Champagner getrunken. Leicht und beschwingt schwebe ich weiter. Habe ich mit den schnellen Bewegungen auch eine schwere Last von meinen Schultern geschleudert? Ich gehe bis zu der Stelle, an der die Felsen ins Wasser ragen und der Strand endet. Hier sah ich vor wenigen Wochen den nackten Fremdling. So weit bin ich seither nie wieder gegangen. Den Mann, den ich fast vergessen habe, sehe ich nun deutlich vor mir mit seinem wuscheligen Haarschopf und dem Vollbart, der bis auf die grauen, so durchdringend blickenden Augen fast das ganze Gesicht verdeckte. Ein komischer Kerl. Ich kann ihn nicht einordnen. Er könnte ein kauziger Naturbursche sein, aber auch wild, gefährlich und unberechenbar, vielleicht sogar wahnsinnig. Und dann habe ich die Idee, so klar und selbstverständlich, dass es mich wundert, warum ich nicht früher darauf gekommen bin. Beinahe erscheint es mir, als hätte mir der Himmel diesen Mann geschickt. Warum soll ich ihn in meinem Roman nicht mitspielen lassen. Ja, genau so kann es weitergehen, und ich kann alles lassen, wie es ist.

Erleichtert atme ich auf. Zuversichtlich gehe ich mit schnellen Schritten zum Haus zurück und mache mich unverzüglich an die Arbeit.

# 13

Alles fällt an seinen Platz, sagte Großmutter immer, wenn mir als Kind etwas trotz – oder gerade wegen größter Anstrengung – nicht gelingen wollte. Nun fällt mir dieser Satz ein, und zum ersten Mal macht er Sinn für mich. Zahllose Mosaiksteinchen habe ich in die Luft geworfen, und im Herabfallen fügten sie sich zu einem sinnvollen Bild zusammen. Nun ist der Fortgang der Geschichte klar.

Hastig fliegen meine Finger über die Tastatur. Sätze fallen aufs Papier, werden zu Absätzen und ganzen Kapiteln. Stunde um Stunde sitze ich an meinem Arbeitsplatz. Gespannt beobachte ich die Entwicklung. So wie ich einst Großmutter beim Klöppeln zusah, fasziniert, wie sicher sie die Holzkegel bewegte und wie aus dem wirren Durcheinander vieler Fäden nach und nach ein vollkommenes Muster entstand.

Die Unruhe der letzten Wochen ist vorbei. Anscheinend ist das herbeigesehnte Wunder tatsächlich geschehen. Meine Figuren sind jetzt stärker und vollkommener, als ich sie mir ausgedacht hatte. Ausgestattet mit allem, was sie zu echten und lebendigen Menschen macht.

Ich lasse mich von nichts und niemandem mehr entmutigen, nehme ich mir vor. Damit ich es nicht vergesse, notiere ich diese Worte auf einen kleinen Notizzettel und befestige ihn am unteren Bildschirmrand, wo ich ihn immer im Blickfeld habe.

In meiner Geschichte ist ein Wettkampf im Gange. Ein Punkt für Shirley, dann wieder ein Punkt für Sarah, ein Schlagabtausch zwischen zwei völlig unterschiedlichen Temperamenten. Shirley spielt siegesgewiss, mit kraftvollen, flinken, selbstsicheren Zügen. Sarah wirkt erschöpft, doch zäh und erstaunlich ausdauernd. Gelegentlich scheinen sich ihre Augen flehend auf mich zu richten. Ich bin betroffen. Doch ihre Schwäche ist zugleich Stärke. Sie trifft Tom mitten ins Herz.

Bilder tauchen auf, bedrängen ihn. Die Erinnerung an die junge, süße, schüchterne Sarah – fünfzehn war sie, als er sie kennen lernte – und an die blühende, attraktive, selbstbewusste Frau, zu der sie bald wurde. Alle haben ihn um Sarah beneidet und sich gewundert, was sie an ihm fand – dem schlaksigen, noch unfertigen Mann, der er damals war. Vor ihm liegen die Scherben ihrer Zukunftspläne. Hinzu kommt die Verwirrung ihrer gemeinsamen Freunde, der Familien und Kollegen. Das alles hat er aufs Spiel gesetzt für Shirley, seinen Wirklichkeit-gewordenen Traum. Wie ein reißender Strom zieht ihn ihre Leidenschaft mit. Ihre ungestüme Lebendigkeit hat ihn verändert. Shirley bringt Saiten in ihm zum Klingen, von denen er nichts wusste. Verblüfft verspürt er plötzlich Lust, Elvis Presley zu imitieren oder genießt das frivole Vergnügen, mit Shirley Tango zu tanzen. Verwundert registriert Tom, dass er mit seinen gelegentlich ungewollt komischen und eigenwilligen Schrittvariationen die Gäste bald mehr amüsiert als Shirley und Ricardo mit ihrer Professionalität. Und er genießt es, dann im Mittelpunkt zu stehen.

Mit einem Mal sind da tausend neue Möglichkeiten. Nichts muss, doch alles kann geschehen. Das Leben umbrandet ihn, lässt ihn sprühen. Die Farben seiner Umgebung glühen auf. Rotgoldene Lava, dunkler Samt, Tintenblau, violetter Flieder, Efeugrün und Sonnengelb. »Macht das die Liebe«, fragt er sich wohl zum hundertsten Mal, »die viel besungene, beschworene, wahre große Liebe?« Oder unterliegt er einer Verwirrung der Sinne? Aber er will es nicht wirklich wissen, er hat ohnehin keine Wahl.

Auch ich fühle mich von einem Sog erfasst. Meine Sympathie pendelt zwischen den zwei Frauen hin und her. Ich erkenne mich selbst in der empfindsamen, ernsten Sarah und fühle mich gleichzeitig zunehmend von der temperamentvollen Shirley eingenommen. Neugierig taumle ich mit meinen Protagonisten durch die Ereignisse, fiebere mit ihnen dem Höhepunkt der Geschichte entgegen. Entscheidet sich an deren Ende auch mein eigenes Geschick.

Sein Auftritt ist unauffällig. Die Haare trägt er kürzer, seine Augen strahlen in einem intensiven Blau. Mr. Mitchell, der gutaussehende neue Mann in Sarahs Leben, ist unverkennbar mein Nackter vom Strand. Diesmal allerdings gut gekleidet. Sarah ist hingerissen von ihm, und auch er weicht bald nicht mehr von ihrer Seite. David Mitchell bringt Sarah zum Lachen. Er ist Balsam für ihre Wunden die erlittenen Verletzungen. Ihr Schmerz ebbt ab. Dank David wird Sarah wieder schön und selbstbewusst. Ihre Augen leuchten, und ihre Stimme verliert den klagenden Unterton.

Die neue Sarah klingt herausfordernd, ja beinahe provokant. So will es zumindest Tom erscheinen. Ihre Schritte sind schwungvoll, signalisieren Entschlossenheit, und er glaubt sogar ein kesses Schwingen ihrer Hüften zu entdecken. Steckt in der sanften, ruhigen Frau tatsächlich auch ein Vamp, und er hat es nur nie bemerkt, oder spielte sie gekonnt eine Rolle? Tom spürt Verärgerung in sich hochsteigen. Warum macht sie das? So kann sich kein Mensch verändern. Außerdem ist dieser Mitchell gar nicht Sarahs Typ. Zudem verstößt sie gegen ein bislang eisern eingehaltenes Prinzip, niemals etwas mit Gästen anzufangen. Tom kommt zu dem Schluss: Das ist nicht echt, sie rächt sich an mir, sie will mir eins auswischen. Im nächsten Moment beschäftigen ihn allerdings weitere unangenehme Gedanken. Wird Sarah mit Mitchell schlafen? Wird sie sich ihm hingeben, diesem hergelaufenen Urmenschen, diesem Tarzan in Designerklamotten? Hat sie vielleicht schon getan? Sarah mit diesem Fremden in einer Umarmung, nicht anklammernd und verzweifelt wie zum Schluss mit ihm, sondern leidenschaftlich, suchend, forschend, neugierig im wahrsten Sinne des Wortes. Diese Gedanken sind scharfe Bisse in sein Fleisch, überziehen bald den ganzen Körper und nagen an seiner glatten Hülle. Unwillig schüttelt er sie ab.

Ich versuche mir das eben Geschriebene vorzustellen, nachzufühlen, ob es realistisch ist. Was passiert, wenn Liebe, Begehren, Zuwendung, Gefühle, die bis heute einem selbst galten, plötzlich einem anderen geschenkt werden? Ich sehe Rita und Dan vor mir, die wie zwei Verschwörer in der Küche verschwinden. Seltsam, dass sie mir gerade jetzt einfallen, ich habe kaum noch an sie gedacht. Dan und Rita in einer engen Umarmung – was würde das für mich bedeuten? Das Bild will mir nicht gelingen, steif und ungelenk wirken die beiden. Dann lachen sie mich aus, und die Bilder entgleiten mir.

Sarah friert zum ersten Mal, seit sie in diesem Land ist. Ist es das kahle, graue Gemäuer, das sie umgibt, oder der seit der Festnahme am Flughafen anhaltende Schock? Ein Routineeinsatz sollte es sein, die Vertretung einer erkrankten Kollegin. War diese etwa aus einem anderen Grund ausgefallen? Sarah weiß es nicht mehr, sie hatte den Job angenommen, ohne lange nachzudenken. Sie war froh, für einige Tage wegzukommen. Doch sie kam nicht weit, nur bis zum Flughafen, bis zu dem Band, auf das sie ihr Gepäck gelegt hatte und dann noch durch die Kabine, in der sie überprüft wurde. Danach überschlugen sich die Ereignisse. Ein Film begann, und sie war plötzlich mittendrin. Sie ist in einem Büro, ihre Wäsche liegt ausgebreitet auf einem Tisch, ihre Toilettenartikel und dazwischen das kleine Paket – das sie nicht kennt –, obwohl es zwischen all ihren Sachen liegt. Menschen umringen sie, reden auf sie ein. Es geht immer um das kleine unscheinbare Paket. Aus dem Packpapier wickeln sie Plastiksäckchen, in die ein bräunliches Granulat eingeschweißt ist.

»Das ist nicht von mir«, wiederholt sie.

»Aber das ist doch Ihre Tasche – ist das Ihre Tasche?«

»Ja, das ist meine Tasche, aber das ist nicht von mir, nicht dieses Paket mit dem braunen Zeug, nein ...«

Ein Alptraum hat begonnen, in ihrem Gehirn blitzen grelle Lichter auf, ein Szenarium, von dem sie oft gehört hat, spielt sich ab – vor ihr, um sie herum. Sie weiß genau, was hier geschieht, und kann es doch nicht glauben. Sie selbst hatte stets die Gäste davor gewarnt. Nie war es in ihrem Umfeld passiert, und nun ist sie mittendrin, als Hauptdarstellerin.

Sie reden nicht mehr mit ihr, sie haben sich von ihr abgewendet. Als ob sie nicht mehr da wäre, unterhalten sie sich in einer Sprache, die sie nicht versteht. Aber sie sprechen über sie, das weiß sie trotzdem. Plötzlich werden ihr die Arme brutal auf den Rücken gebogen, Handschellen klicken um ihre Handgelenke, kalte unbeteiligte Gesichter. Münder bellen Anweisungen, grob in fremden unverständlichen Worten, doch der Ton ist unmissverständlich. Sie wird zu einem Auto geschubst, dann fahren sie durch die Stadt. Die wohlvertrauten Straßen sieht sie nun ganz verschwommen. Durch einen Nebel – oder sind das Tränen? Sie weint nicht, sie will nicht weinen, hat sich abgeschottet, Mund und Ohren verschlossen und sogar die Poren. Wie in durchsichtige Folie eingewickelt.

Seit mehreren Stunden sitzt sie nun in diesem grauen, trostlosen Gemäuer, einem Verlies mit einer steinernen Bank und einer schmutzigen Matratze darauf. Sarah sitzt steif auf dem, was ein Bett sein soll, und bemüht sich, eine offensichtlich mit Schmutz und Angstschweiß durchtränkte Wolldecke nicht zu berühren. Sie lauscht auf Schritte. Alles wird sich aufklären, es ist ein Irrtum oder vielleicht auch nur ein böser Traum. Sie hat Angst vor den fremden Geräuschen. Aber die Stille ist noch schrecklicher. Die Schritte sagen ihr immerhin, sie ist nicht allein. Wenn es still ist, fühlt sie sich eingemauert, eingemauert in einer Gruft.

Der Projektor in ihrem Gehirn wirft grelle Bilder auf die Wand. Shirley umarmt Tom, ein selbstzufriedenes Lächeln liegt auf ihrem Gesicht.

»Sie weiß es! Jawohl, sie weiß, dass ich in diesem Gefängnis bin.« Sarah ist sich absolut sicher. »Sie weiß, dass ich nicht mehr komme.«

Neue Bilder. Shirley bückt sich über ihre Tasche, sieht sich kurz um und steckt schnell etwas hinein. Sarahs Phantasien überschlagen sich.

»Natürlich Shirley, das war Shirley, sie hat mir das Heroin ins Gepäck geschmuggelt.«

Oder sie hat jemanden veranlasst, es zu tun. Sie sieht Shirley mit einem Flughafenangestellten flüstern, dabei strahlt sie ihn an mit ihrem verführerischen Lächeln, den aufblitzenden schwarzen Augen. Er errötet geschmeichelt und verwirrt, dann nickt er wie in Trance. Es kann nur Shirley gewesen sein, hämmert es in Sarahs Kopf. Sie wollte die Entscheidung herbeiführen. Sie wollte nicht mehr länger warten. Vielleicht hatte sie sogar befürchtet, Tom könnte sich letztendlich für sie, Sarah, entscheiden. Ja, sie hat es getan, sie wollte die Rivalin, die plötzlich stark und selbstbewusst auftrat, endgültig ausschalten.

Wo bleibt Tom überhaupt? Er kann sie doch nicht hier vermodern lassen. Trotz allem nicht. Niemals! Oder hat er es gar nicht erfahren? Vielleicht weiß er gar nicht, was mit ihr geschehen ist. Vielleicht weiß überhaupt niemand von ihr. Warum auch? Sie kann sich nicht erinnern, dass sie gefragt wurde, ob jemand verständigt werden solle. Grauen fließt aus ihrem Hirn in den Körper, überflutet ihn, sie beginnt zu zittern, weiß nicht, ist es Kälte oder Hitze. Ein Netz breitet sich über sie, ein in die Haut schneidendes Drahtgitter. Was, wenn sie sich sogar verbündet haben, Shirley und Tom, um sie gemeinsam aus dem Weg zu räumen?

Wie Hohn empfindet Sarah nun das Hochgefühl, das sie kurz vor der Katastrophe empfand.

»Nütz die Zeit, während ich fort bin, und finde heraus, was wichtig für dich ist«, hatte sie Tom beim Abschied an den Kopf geknallt. Dann war sie mit entschlossenen Schritten, ohne sich noch einmal umzudrehen, davongegangen. Wie lächerlich erschien ihr jetzt die Genugtuung über Toms Irritation. Seine Verunsicherung in den letzten Tagen und ihr Triumphgefühl, das David Mitchells Werben in ihr ausgelöst hatte. Niemals vorher war sie so entschieden aufgetreten und so eindeutig. Sie hatte sich unglaublich stark gefühlt. Und nun dieser Absturz. Hochmut kommt vor dem Fall. Wer hatte nur diesen Spruch immer gesagt? Sie kann sich nicht erinnern, doch nun verfolgt er sie.

Habe ich mit meinem Verhalten das Drama heraufbeschworen, bin ich zu weit gegangen, habe ich damit alles selbst ausgelöst? Tausend Gedanken toben durch ihr Gehirn. Sarah bereut. Gern würde sie alles rückgängig machen. Am besten, sie hätte den Auftrag erst gar nicht angenommen. Sie könnte jetzt in der Anlage sein. Mit irgendeiner Banalität Gäste unterhalten. Welch hohen Preis soll sie nun dafür bezahlen, dass sie sich an Tom rächen wollte.

Es geht um mein Leben. Mein Leben. Es geht hier wirklich um mein Leben. Heroinschmuggel, ach was, schon der Besitz von kleinen Mengen Drogen, egal welcher Art, wird hier mit dem Tode bestraft. Wieder kriecht ein Schauder über sie. Fast hätte sie spontan die grauenvolle Decke über sich gezogen. Aber der Ekel überwiegt das Kältegefühl. Sarah zieht die Decke mit zwei Fingern zur Seite, rollt sich zusammen, ein Embryo, dem Mutterleib zu früh entrissen. Eine Raupe, aus der Erde gescharrt und nun ungeschützt der Witterung preisgegeben. Sarah windet sich gequält, bevor sie in eine gefühllose Erstarrung fällt.

# 14

In Maine hat der Winter begonnen. Als ich vor einigen Tagen das Haus verließ, schwebten muntere kleine Flocken durch die Luft. Das geschah öfter in letzter Zeit, doch diesmal ist es anders. Es riecht geradezu nach Schnee. Nun wird es nicht mehr lange dauern. Es passiert auch ganz plötzlich. Als hätte ich mit meinen Gedanken das dichte Wolkengebirge über mir losgetreten, setzt ein ungestümes Schneetreiben ein. Immer schneller und dichter wirbeln die Schneeflocken durch die Luft. Der Wind wird heftiger, und durch das dichte Treiben ist fast nichts mehr zu sehen. Ich drehe schnell um und haste zum Haus zurück. Als ich endlich wieder vor meiner Tür stehe, bin ich über und über mit Schnee bedeckt. Auch die Landschaft ist ganz weiß. Ich hänge meinen feuchten Mantel zum Trocknen in die Nähe der Heizung. Eine ganze Weile schaue ich gebannt dem stürmischen Schneetreiben vor meinem Fenster zu. Ich fühle mich geborgen. Der urtümliche Heizkessel im Keller unter meinen Füßen springt regelmäßig und zuverlässig an. Inzwischen habe ich mich an das Geräusch gewöhnt. Durch den Holzboden klingt es wie das gutmütige Brummen eines alten Bären. Zusätzlich mache ich meistens das Feuer im Kamin an. Ich liebe das heimelige Knistern und Prasseln. Die genüsslich am Holz leckenden Flammen werfen munter herumhüpfende Schatten an die Wand. Nicht weit davon entfernt liegt Leo die meisten Stunden des Tages zusammengerollt in seinem Korb und schläft. Ich dagegen arbeite beinahe atemlos.

Tom sitzt Sarah im Besuchsraum des Gefängnisses gegenüber. Er sieht sie besorgt, etwas ängstlich und unsicher an. Ihr Blick trifft ihn, bohrt sich in sein Innerstes hinein. Er wird ihn für die nächsten Wochen unentrinnbar begleiten.

»Er ist schuld«, denkt Sarah, »er ist der Auslöser für das, was geschehen ist.«

Doch während sie ihn ansieht, schnürt der Schmerz ihr die Kehle zu. Niemals vorher erschien er ihr so schön, so ernsthaft, so gereift und anziehend. Niemals war er ihr so fern und nah zugleich. In Sarah pendeln Schmerz und Groll hin und her, werden gleich stark, begegnen sich und verschmelzen zu einem glühenden Punkt.

»Sarah ...« Tom sieht sie flehend an. Sie schluckt und sieht auf ihre Hände, bevor sie leise zu sprechen beginnt.

»Nun hat deine neue Herzallerliebste erreicht, was sie wollte, ich bin aus dem Weg geräumt.«

Tom zuckt zusammen. Der Hieb hat ihn getroffen. »Sarah, du glaubst doch nicht ...«

»Wer sonst? Wer könnte ein Interesse daran haben, mir zu schaden, mich aus dem Weg zu räumen. Und – gibt es das Zeug nicht gerade dort, wo sie her ist?«

»Das Zeug gibt es überall, das weißt du«, antwortet Tom beschwichtigend und abwehrend zugleich.

Er ist erschüttert von ihrem Anblick und der Verzweiflung in ihren Augen. Sarah ist bleich und fahrig. Nichts ist übrig geblieben von dem Schwung, den sie in den letzten Wochen gezeigt hatte. Sarah, die schon davor auffallend abgenommen hatte, wirkt im kalten Neonlicht fahl, zerbrechlich. Scharfe Linien formen ihr Gesicht neu. Unter ihren Augen sind dunkle Ränder. Ihr Haar hängt strähnig herab. Sarah ist nur ein Schatten ihrer selbst.

»Glaubst du womöglich jetzt auch, ich hätte etwas mit den Drogen zu tun?« Sie beobachtet ihn lauernd.

»Aber nein, natürlich nicht«, er ist entsetzt. »Sarah, das glaubt niemand, der dich kennt. Sei nicht so verzweifelt, es wird, es muss sich alles aufklären. Vertrau mir, ich werde alles tun, was ich nur tun kann. Du wirst freikommen, ich verspreche es dir.«

Spontan greift Tom nach ihrer Hand, berührt sie zart, streichelt die zitternden Finger, und für einen Moment werden sie ganz ruhig. Für einen winzigen Augenblick ist sie Sarah, seine Freundin, die junge, freie Amerikanerin. Für einen kurzen Augenblick sind sie ein Paar.

Dann ist Sarah wieder allein, die Verlassene, die Kriminelle unter Kriminellen, die Drogenschmugglerin, Abschaum in einem Haus voller Abschaum. Entfernt aus der Gesellschaft der Normalmenschen, ordentlich aufgeräumt. Vielleicht hat sie ja doch etwas getan, was sie nicht hätte tun dürfen. Gegen irgendein Gesetz verstoßen, und das ist nun die Strafe dafür. Sie hat das Schicksal herausgefordert. Sie hat gespielt, sie hat das gemacht, was sie früher an anderen verurteilt hatte. Sie hat sich aufreizend verhalten, stolz, ja beinahe arrogant und überheblich. Dumm, dumm, dumm ... wie dumm sie war. Sie schaukelt vor und zurück, steht auf, läuft in dem eng begrenzten Raum herum, schließt die Augen, drückt mit beiden Händen auf ihre Ohren, bis der innere Strom ihr Meeresrauschen vorgaukelt. Dann legt sie sich auf die harte Pritsche und flüchtet sich in einen Traum, einen schönen, hoffnungsvollen Traum. Tom wird sie retten. Er hat es ihr versprochen. Er hat es ehrlich gemeint. Sie sieht seine Augen vor sich, so voller Wärme und Trauer. Sie hat es darin gelesen. Er wird alles tun, um sie hier herauszuholen. Sicher bereut auch er inzwischen die Affäre mit Shirley, und er verzeiht ihr den Flirt mit David Mitchell. Die Katastrophe wird sie wieder zusammenbringen. Es ist das Schicksal, das sie auf die Probe stellt.

Verstrickt in diese Träume, die Augen fest geschlossen vor der wahnsinnigen Angst, zieht Sarah gedankenverloren die schmutzstarrende Decke über sich.

Shirley ist entsetzt über den Verlauf der Geschichte.

»Karen, wie kannst du das zulassen?«

»Was zulassen?« frage ich, unwillig über die Unterbrechung meiner Arbeit. »Es läuft gerade richtig gut.«

Trotzig versuche ich weiterzuarbeiten. Shirley Blick ist vorwurfsvoll. Beharrlich bleibt sie vor mir stehen. Verwundert ziehe ich meine Augenbrauen hoch. Gibt es mal wieder Terror? Ich dachte, diese Phase wäre endgültig vorbei.

»Du hast mir versprochen, dass ich diese undankbare Rolle nicht spielen muss, und jetzt?«

»Was, und jetzt? Shirley, worüber beklagst du dich? Es ist Sarah, der es schlecht geht, nicht dir.«

»Sarah, Sarah, Sarah, alles dreht sich nur um Sarah! Und obwohl ich völlig unschuldig an dem bin, was mit ihr geschehen ist, machen alle mich dafür verantwortlich.«

»Wie kommst du darauf? Du und die anderen Leute sind momentan gar kein Thema.«

»Ja, weil auch du dich nur noch um Sarah kümmerst. Ich merke genau, was geschieht. Ständig und überall wird in der ganzen Anlage getuschelt, und wenn ich komme, hören sie zu reden auf.«

»Sie merken vermutlich, dass du unglücklich bist und nehmen Rücksicht darauf.«

»Ach was, die nehmen keine Rücksicht auf mich, rücksichtsvoll waren die doch noch nie. Kannst du dich nicht erinnern, wie es war, als es mit Tom und mir begann?«

»Ja, und ich erinnere mich, damals hat dich das überhaupt nicht gestört.«

»Damals ging es mir gut. Heute geht es mir schlecht. Inzwischen kann ich nachts kaum noch schlafen.« Shirley stockt. »Irgendwie, ich weiß nicht warum, aber irgendwie fühle ich mich tatsächlich schuldig. Wenn das so weitergeht ... ich kann unter diesem Druck nicht arbeiten. Wie soll ich unter solchen Umständen Leute unterhalten?«

Ihr Gesicht sieht bekümmert aus. Shirley geht es tatsächlich nicht gut. In ihren schwarzen Kirschaugen ist ein verdächtiges Glitzern, und um ihren Mund zuckt es leicht. Ich kann sie nicht so ignorieren, wie ich es mir eigentlich vorgenommen hatte. Deshalb versuche ich, sie zu beruhigen. »Shirley, du bist nicht schuld. Aber du bist an Sarahs und Toms Geschichte beteiligt, und die Ereignisse wirken sich natürlich auch auf dich aus.«

»Aber das ist nicht fair! Ich habe das, was geschehen ist, nicht gewollt.«

»Shirley, das weiß ich, aber das Leben ist nicht immer fair.« Ich versuche in meine Stimme einen ruhigen, beschwichtigenden Ton zu legen. Shirley hat ihn wahrgenommen und startet einen weiteren Versuch.

»Aber du machst das doch alles, du bestimmst und niemand sonst! Es liegt in deiner Macht, alles zu ändern.«

Mein Blick zeigte wohl große Verwunderung, denn sie hält plötzlich erschreckt inne.

»Oder steuerst du die Geschichte gar nicht mehr?« Ihre Augen sind groß und ängstlich auf mich gerichtet. Ich schweige. Shirley mustert mich eindringlich. Ich bin ratlos. Dann gebe ich ihr die einzige Antwort, die ich ihr geben kann. Ich weiß nicht, ob diese sie beruhigt, aber sie ist immerhin ehrlich.

»Shirley, manchmal müssen wir Dinge tun, ohne genau zu wissen warum. Aber ich bin mir sicher, dass der Verlauf der Geschichte genau so richtig ist.«

Tränen haben sich aus ihren Augenwinkeln gelöst. Sie scheint einzusehen, dass sie nichts mehr ändern kann. Wir werden den nun eingeschlagenen Weg weitergehen, egal wie schwierig er wird.

Wenn die Sätze in meinem Kopf wild durcheinanderpurzeln, ohne sich fangen zu lassen, verlasse ich das Haus. Der Schnee hat die Landschaft verändert. Selbst bei bewölktem Himmel ist es hell. Die Luft ist frisch und beinahe geruchlos. Anstelle des herbstlichen Farbenrauschs dominieren Schwarz und Weiß. Nur gelegentlich legt ein freundlicher Morgen oder die Abenddämmerung einen zarten Perlmuttschimmer über den Schnee, ein lichtes Blaugrau oder ein zartes Rosa. Der Atlantik mahlt grau und grummelnd vor sich hin. Ein träger Zementbrei, der mit dunklen Zungen an den Rändern der weißen Decke entlang leckt. Schwarze Bäume, im Tanz gefroren, begrenzen die Strandfläche. Alles Leben scheint unter Schneekristallen erstarrt. Die Landschaft wirkt unwirklich und entfaltet einen eigentümlichen Zauber.

Zurück am Haus entdecke ich sie, Fußabdrücke im Schnee. Die sind nicht von mir, durchzuckt es mich. Ich habe seit vielen Tagen keinen Menschen mehr gesehen. Augenblicklich ist der eben gefühlte Zauber verschwunden. Mein Herz klopft schneller. Hypnotisiert folge ich den Spuren, die aus dem Wald gekommen sind, das Haus umkreisen, vor jedem Fenster anhalten und wieder im Wald verschwinden. Ein Neugieriger? Ein Waldarbeiter? Jemand von der Nationalparkaufsicht? Die Schuhsohlen sind groß, haben ein prägnantes, grobes Profil. Es knackt im Dickicht! Plötzlich bilde ich mir ein, dass mich jemand beobachtet. Mit angehaltenem Atem lausche ich und starre in den Wald. Nichts rührt sich. Um mich herum Stille, nichts als wattige Stille. Dann höre ich nur noch meinen eigenen Atem und mein laut pochendes Herz.

# 15

An diesem Abend verschließe ich die Tür besonders sorgfältig und verriegle zum ersten Mal im Erdgeschoss sämtliche Fensterläden. Ich beruhige mich wieder. Trotzdem sind meine Sinne jetzt feiner gestimmt. Die meisten Geräusche bekommen nun eine andere Bedeutung. Je mehr ich sie zu ignorieren versuche, desto deutlicher dringen sie in mein Bewusstsein. Ächzende Holzdielen werden zu Schritten. Sogar die Samtpfoten von Leo werden zu grobem Getrampel, wenn er die Treppe hinauf oder hinunterspringt. Das Knacken eines Astes wird zu einem Schuss und das Fauchen im Kamin zu einem langsam heranfahrenden Auto.

Und da ist neuerdings dieses seltsam metallische Geräusch. Es erinnert mich an das Klappern eines Blech-Eimers, den jemand beim Gehen hin- und herschlenkert. Dann kommt es mir vor wie das Geräusch einer Säge, die sich hin und her bewegt. Manchmal ertönt es in gleichmäßigem Rhythmus, dann stundenlang gar nicht, so dass ich es vergesse. Wann hat es eigentlich begonnen?

Besonders unheimlich sind mir die nächtlichen Geräusche. Dumpfes Gepolter. Eine Schneelawine vom Dach? Genauso gut kann es ein Schneeball sein, der gegen die Hauswand geschleudert worden ist. Ist es jemand, der mich aufwecken will, Einlass begehrt, in Not ist, oder jemand, der mich herauslocken will, um mich zu überfallen? Schritte knirschen. Geht er wieder, oder lauert er nur darauf, dass ich nachsehe? In stürmischen Nächten rüttelt der Wind an Fensterläden und Türen. Im Schlaf werden die Geräusche zu Dämonen, die aus den wild ans Ufer donnernden Wellen steigen oder sich jaulend aus dem Dickicht der frosterstarrten Wälder hinter dem Haus lösen.

Am nächsten Morgen ist der Tumult meist verstummt. Die Landschaft wirkt friedlich und unberührt. Was geschieht nur mit mir? Dan hatte mich vor der Einsamkeit gewarnt. Ich hatte ihn nur ausgelacht und ihn an meine oft abenteuerlichen Reisen in abgelegene Gebiete erinnert. Doch ich kannte nur die Einsamkeit südlicher Länder mit ihrem Summen, Rascheln und Gezirpe, den vertrauten Stimmen der Natur. Dort drohte Gefahr, wenn alles verstummte. Hier, diese nördliche Einsamkeit ist anders.

Obwohl ich oft unausgeschlafen bin, sind meine Sinne hellwach, meine Phantasie ist erregt. Stunden verbringe ich mit Sarah in der trostlosen Gefängniszelle. Zwei mal drei Meter groß ist der Raum mit dem kleinen vergitterten Fenster, viel zu hoch, um hinauszusehen. Selbst wenn sich Sarah auf die Steinliege stellt, sieht sie nur ein winziges Stück des blauen Himmels. Das Essen besteht nur aus einer klebrigen Masse, ausgeteilt in Blechnäpfen. Ich glaube, den ekelhaften Brei auf meiner Zunge zu spüren. Sarah lässt ihn meistens stehen. Ich begleite sie durch düstere Flure, in schimmelige Duschräume mit verrosteten Armaturen, wo sie nackt den neugierigen Blicken der anderen Frauen ausgesetzt ist. Schöne, hässliche, verwahrloste, junge und alte Gesichter taxieren sie, die einzige Weiße. Sie palavern, lästern, mustern sie, versuchen sie zu berühren und kichern, wenn sie sich entsetzt dagegen wehrt.

Viermal am Tag ist Hofgang, manchmal öfter. Es hängt von der Laune der jeweiligen Aufsicht ab. Besonders die dicke, schwerfällige Matrone Laguna, die mit dem undurchdringlichen Gesicht, liebt es, die Gefangenen vor sich aufmarschieren zu lassen. Im Gänsemarsch müssen sie an ihr vorbei. Wieder und wieder. Die Aufseherin beobachtet sie durch die schmalen Schlitze in ihrem feisten Gesicht. Währenddessen brennt die glühende Sonne auf ihre ungeschützten Köpfe herab.

Die Bilder bereiten mir einen vertrauten Schmerz. Woher kenne ich ihn. Die Mauern, die Sarah umgeben, wollen auch mich erdrücken. Mit ihr fühle ich die Hitze, die Kälte, den Ekel vor Gerüchen – Blut, Schweiß und Urin, aufgesogen vom modrigen Gemäuer und wieder ausgeatmet. Ich höre das Stöhnen Vergessener, das hallende Klappern von Blech, das Gellen von Schreien und gebrüllte Befehle. Mit Sarah starre ich voll verzweifelter Hoffnung zum winzigen Fenster hoch und fühle dabei das ängstliche Stolpern meines Herzens. Es liegt eine beklemmende Erinnerung in diesen Bildern, aus der ich nur mühsam auftauche.

Immer schon gab es Orte, die ich zu kennen glaubte, obwohl ich dort niemals war. Einer davon war Rom. Ich fühlte mich geborgen in den Gassen, zwischen den alten Häusern mit den vogelnestgleichen Balkonen und mit Rissen in den Wänden wie Falten in einem alten Gesicht. Forum Romanum, Kolosseum, Basilica Aemilia, Via Appia; sepiabraune Bilder aus Kunstkatalogen, plötzlich in Farbe getaucht. Quirinal, Esquilin, Pincio, Gianicolo; Melodien, die weich mein Ohr umspülten. Sehnsuchtsvoll verharre ich einen Augenblick.

Tom ist nach dem Treffen mit Sarah niedergeschlagen und bedrückt. Shirley erzählt er nichts von Sarahs Verdacht. Trotzdem ertappt er sich dabei, dass er Shirley mustert und sich fragt, ob diese Frau in der Lage wäre, eine Konkurrentin auf diese Weise aus dem Weg zu räumen?

Shirley hat sich verändert. Sie strahlt Sanftmut aus und wirkt unsicher. Ihr ehemals so hinreißendes Lächeln ist selten geworden. Ist das die sensible, einfühlsame Shirley, die nun mitleidet? Teilt sie seine Schuld, oder hat sie sich schuldig gemacht? Nachdenklich betrachtet er ihr Gesicht. Es wirkt traurig, selbst jetzt, da sie sich tapfer um ein Lächeln bemüht. Auf einmal erinnert es ihn an Sarahs Gesicht und plötzlich lastet ein schweres Gewicht auf seiner Brust. Macht er alle Frauen unglücklich, die ihn lieben? Dieser Gedanke trifft ihn blitzartig und er sackt in sich zusammen. Shirley spürt es. Scheu legt sie ihre Arme um seine Schultern.

»Tom, worüber denkst du nach?« Ihre Stimme ist zärtlich und flehend, die Augen ängstlich auf ihn gerichtet.

»Tom, du kannst nichts für das, was geschehen ist«, versucht sie sein Schweigen zu überbrücken. Tom windet sich aus ihren Armen. Er dreht sich um, geht zum Fenster und starrt schweigend in die Nacht. Nach einem für Shirley beinahe unendlich langen Schweigen, beginnt er zu sprechen.

»Sie wollte wegen mir, wegen uns, wegfliegen. Sie hat es nicht mehr ausgehalten, unser Glück zu sehen. Wir sind sehr wohl mitschuldig an dem, was geschehen ist.«

»Aber Tom, sie war in den letzten Wochen so glücklich. Auch du warst überzeugt, dass sie wegen diesem Mitchell mitfliegen wollte«, wirft Shirley beschwörend ein.

»Und genau das glaube ich heute nicht mehr«, presst Tom zwischen schmalen Lippen heraus. »Du hättest sie sehen müssen, dann hättest du keine ruhige Minute mehr.«

Shirley bricht in Tränen aus. Sie will auf Tom zugehen, doch nach wenigen Schritten bleibt sie mit hängenden Schultern stehen.

»Tom, ich kann mir vorstellen, dass es schrecklich ist. Nein, ich weiß, dass es schrecklich ist, aber wir tragen keine Schuld daran. Es ist ein grausamer Irrtum. Du glaubst doch nicht ... du glaubst doch nicht wirklich, dass ich so etwas wollte?«

Es ist ein schmerzerfüllter Aufschrei, der in ein heftiges Schluchzen übergeht. Endlich nimmt Tom die weinende Frau in die Arme.

»Entschuldige, nein, das glaube ich natürlich nicht.« Er birgt sein Gesicht an ihrer zuckenden Schulter. Verzweifelt klammern sie sich aneinander.


Der Winter hat das Land fest im Griff. Heute ist ein besonders unfreundlicher Tag. Das Hinausgehen kostet mich große Überwindung. Sturmböen fegen mir dichte Schneeflocken ins Gesicht und nehmen mir fast alle Sicht. Die Luft ist feucht und kriecht unter die Kleidung. Mich fröstelt, selbst in meinem daunengefüllten Anorak. Am liebsten möchte ich gleich umkehren, doch ich brauche Abstand zu meiner Geschichte. Es ist die einzige Möglichkeit, Shirley und Sarah wenigstens für kurze Zeit zu entkommen. Und es ist eine notwendige Erholung für mein erhitztes Gehirn. Als ich nach einer Dreiviertelstunde wieder vor meiner Haustür stehe, bin ich froh. Mit klammen Fingern taste ich nach dem Schlüssel in der Jackentasche. Plötzlich reißt der Wind die Haustür auf, stürmt vor mir in den Flur und wirft die ebenfalls aufspringende Schupentür am Ende des Flurs mit lautem Knall ins Schloss. Dann ist der Spuk vorbei. Für einige Sekunden stehe ich erstarrt. Hatte ich denn die Haustür nicht verschlossen? Ich bin durcheinander.

Und warum ist die Tür zum Schuppen offen? Ich überlege, wann ich zuletzt Holz für den Kamin geholt habe. Gestern, oder heute Morgen? Ich kann es nicht mit Gewissheit sagen. Ich hebe den Schlüssel der Schuppentür vom Boden auf. Durch die Wucht des Aufpralls ist er hinuntergefallen. Ich stecke ihn ins Schloss zurück und drehe ihn zweimal herum. Mir fallen die Fußspuren ein. Ich bin ja wahnsinnig, dieser Leichtsinn. Panik erfasst mich.

Mit Herzklopfen und angehaltenem Atem betrete ich die Küche und das Wohnzimmer. Einige Seiten meines Manuskripts sind über den Boden verstreut. Ich möchte losschreien.

Hier war jemand! pocht es in meinem Gehirn. »Keine Frage, hier war jemand.«

Auch mein Kater wirkt verstört.

»Leo warst das du?« brülle ich das verdutzte Tier an. Dann schwirren Wildhüter, unheimliche Fremde, flüchtende Verbrecher und untergetauchte Mörder durch meinen Kopf. Einer spontanen Eingebung folgend, verschließe ich die Tür und verbarrikadiere sie zusätzlich mit einem unter die Klinke geschobenen Stuhl. Werde ich jetzt verrückt?

Was, wenn diese Person noch im Haus ist? Dann kann ich nicht einmal davonlaufen.

Fluchtgedanken jagen durch meinen Körper, doch wohin soll ich flüchten? Die Ausweglosigkeit lähmt mich. Ich denke an die bereits einsetzende Dämmerung und fühle mich in der Falle. Regungslos stehe ich und lausche konzentriert in die Stille hinein. Nichts rührt sich, außer dem gleichmäßig an- und ausgehenden Heizungsmotor. Inzwischen bin ich vom Stillhalten und der Anspannung völlig steif. Leo hat sich wieder in seinen Korb gelegt und schläft seelenruhig.

»Warum bist du kein Hund? Einen Hund könnte ich gebrauchen, keinen verschlafenen Kater.« Als hätte Leo meine Gedanken verstanden, öffnet er die Augen, gähnt und schläft gleich wieder ein.

Gerade ist der innere Sturm etwas abgeebbt, entsetzt mich ein anderer Gedanke. Was, wenn jemand im oberen Raum ist und auf mich wartet? Leise entferne ich den unter die Türklinke geklemmten Stuhl und greife entschlossen nach dem Schürhaken neben dem Kamin. In Zeitlupe schleiche ich in den Flur in Richtung Treppe. Leo scheint zu glauben, dass ich ins Bett gehe und springt freudig vor mir die Treppe hinauf. Sein Tapsen dröhnt laut in meinen Ohren. Ich bin entsetzt, wage aber nicht, ihn zurück zu rufen.

Vorsichtig, jeden Schritt von Stufe zu Stufe setzend, gehe ich hinter ihm her. Leo ist offensichtlich verwundert, wo ich so lange bleibe und kommt mir erwartungsvoll entgegen. Es beruhigt mich einigermaßen, dass hinter ihm niemand erscheint und er sich vollkommen normal benimmt. Es ist wohl niemand da, sonst würde ich Leo etwas anmerken. Trotzdem sehe ich im Schlafzimmer erst vorsichtig in jede Ecke, bevor ich mich aufatmend auf das Bett setze. Vielleicht hatte ich ja wirklich nur vergessen, die Tür abzuschließen. Vielleicht hatten nur der Wind und der Durchzug die Manuskriptseiten auf den Boden geweht. Vielleicht, vielleicht ... Spät falle ich in einen unruhigen Schlaf.


Unbarmherzig brennt die Sonne vom Himmel herab. Schweiß strömt mir aus sämtlichen Poren. Wir sitzen alle im Hof in einem Kreis. Die bullige Laguna steht in der Mitte und klopft mit zwei Blechdeckeln gegeneinander. Wir warten auf ein Zeichen, aber ich weiß nicht welches. Vermutlich wird Laguna dann den Rhythmus ändern oder lauter werden. Ich werde es schon merken, hoffe ich. Ich weiß, wenn das Zeichen erklingt, muss ich aufstehen. Ich fühle mich schwer, klebe förmlich auf dem heißen Asphalt fest. Was, wenn ich beim richtigen Zeichen nicht aufstehen kann? Werden mir die anderen helfen? Ich sehe mich im Kreis um. Die anderen blicken nur gleichgültig und abgestumpft vor sich hin. Nein, sie werden mir nicht helfen. Mein Körper glüht. Da ist wieder dieses Scheppern. Ist das das Zeichen?


Ich erwache schweißnass, versuche angestrengt zu mir zu kommen. Meine Glieder schmerzen. Mein Körper ist fiebrig heiß. Hoffentlich werde ich nicht krank. Das würde mir gerade noch fehlen. Draußen ist es dunkel. Ich sehe auf den Wecker. Fünf Uhr. Noch so früh? Ich will mich umdrehen, doch dann erinnere ich mich an den Schreck von gestern und bin sofort hellwach. Da ist schon wieder dieses Geräusch. Einen kurzen Moment sehe ich in meiner Vorstellung eine Gestalt, die einen Fensterladen aufzuhebeln versucht. Schnell wische ich diesen Gedanken beiseite. Wenn ich jetzt nicht aufpasse, werde ich wirklich verrückt.

»Reiß dich zusammen, Karen«, sage ich zu mir. Ich stehe auf und schalte alle Lichter an. Leo stürmt die Treppe herauf, ich drücke ihn an mich. Seine Unversehrtheit und sein zufriedenes Schnurren beruhigen mich.

Ich brauche Kaffee, eine belebende Dusche, ein Aspirin für alle Fälle, und dann muss ich diesem Geräusch auf den Grund gehen. Diesmal werde ich nicht aufgeben, bevor ich weiß, was es ist.

Nachdem es hell geworden ist, ziehe ich mich an und gehe vors Haus. Draußen ist es kälter als am Vortag, aber wenigstens trocken. Das Geräusch ist inzwischen verstummt. Ich sehe an der Hauswand empor, ohne etwas zu entdecken. Dann inspiziere ich die Halterungen der Fensterläden. Sie sind alle fest und können nicht die Ursache für das Geräusch sein.

Verdammt, warum klopft es ausgerechnet jetzt nicht? Verärgert gehe ich Richtung Schuppen. Alles ist wie immer. Rechts von einem Wagen hängen einige Arbeitsgeräte – Schaufeln, Rechen und eine Schneeschippe – an der Wand. Auf der linken Seite ist das Holz für den Kamin gestapelt. Im oberen Teil der Rückwand hängt ein altes Boot, das bestimmt seit vielen Jahren keinen Millimeter mehr bewegt wurde. Darunter liegt weiteres Brennholz.

Während ich vor dem Holzstapel stehe, höre ich es plötzlich wieder, diesmal ganz deutlich. Ich höre es durch die Tür, die vom Schuppen ins Haus führt. Aber die ist ja abgeschlossen. Ich rase aus dem Schuppen und durch die Haustür wieder hinein. Inzwischen ist das Geräusch beinahe triumphierend, und es kommt eindeutig aus dem Keller. Ich war noch nie unten. Seit meiner Kindheit ängstigen mich Keller, diese in der Erde verborgenen Höhlen. Ich empfinde deutliches Unbehagen bei dem Gedanken, in diesen Raum unter meinen Füßen hinabzusteigen.

Jetzt mach mal halblang, Karen. Dort unten ist vor allem der Heizkessel, der dich seit Wochen zuverlässig mit Wärme versorgt, ohne den könntest du hier nicht leben.

Ich hole die Halogenlampe aus dem Wagen, öffne die Luke im Boden, und steige entschlossen in die dunkle Höhle hinab. Leo folgt mir aufgeregt und verschwindet sofort im Erdloch. Ich bleibe kurz auf der Holztreppe stehen, bis sich meine Augen an das Dunkel gewöhnt haben. Dann entdecke ich einen Lichtschalter. Nachdem ich ihn gedrückt habe, glimmt eine schwache Lampe auf. Etwas unsicher gehe ich die wackligen Holzstufen hinab.

Es riecht muffig und feucht. Ich schalte meine Halogenlampe an und leuchte mit ihrem hellen Licht in den düsteren Raum. Der Lichtstrahl gleitet an grauen Wänden entlang. Außer dem dominierenden Heizkessel sehe ich nicht viel. Ein paar alte Kisten, einige alte verrostete Blecheimer, in denen vielleicht einmal Farbe war, alte Lumpen, deren frühere Funktion nicht mehr zu erkennen ist, ein verstaubter Schlitten, eine alte Holzkiste mit Gerümpel, eine Lobsterfalle sowie einige weitere, nicht genau zu definierende Gerätschaften. Ich zucke zusammen, als der Motor des Brenners anspringt. Das Geräusch verschluckt alles andere. Nach einer Schrecksekunde zieht es mich trotzdem tiefer in den Raum hinein. Zahlreiche Spinnweben lassen darauf schließen, dass hier seit Jahren niemand mehr war. Ich fühle mich wie ein Eindringling in einen geheimen Raum, in die Seele des Hauses sozusagen. Um mich herum sind die Relikte von anderen Leben. Wer hat hier wohl alles schon vor Clifford gelebt? Junge Leute, alte Leute, Familien mit Kindern, Seeleute, Künstler, Verliebte und Verlassene?

So plötzlich wie der Heizkessel eben angesprungen ist, so unmittelbar hört er wieder auf zu arbeiten. Das unerklärliche Geräusch, das mich hergelockt hat, ertönt wieder. Nach dem lauten Brummen zwar leiser und vollkommen unspektakulär, aber ich entdecke endlich die Ursache. Es ist kaum zu glauben. Hinter einem Gitter pendelt ein winzig kleines Kellerfenster im Windzug hin und her. Der Verschluss ist defekt. Schon einmal hatte jemand das Fenster mit einer Schnur am Rahmen festgebunden. Diese war wohl im Laufe der Zeit brüchig geworden und dann vermutlich bei einem der Stürme gerissen. Von außen vollkommen zugewachsen, ist das Fenster nicht sichtbar. Nachdem ich den Fenstergriff festgebunden habe, gibt es keine seltsamen Geräusche mehr.

Oben erwartet mich ein strahlend sonniger Tag. Kleine Staubpartikel tanzen durch die Luft, eine friedliche Stimmung liegt über dem Haus. Ich bin erleichtert und atme tief durch. Ich fühle mich besser, vielleicht werde ich doch nicht krank. Meine Glieder sind nicht mehr so schwer und die Kopfschmerzen verflogen. Trotzdem bin ich nach dieser unruhigen Nacht ziemlich müde. Ich schalte die Kaffeemaschine an. Während sie vor sich hin blubbert, setze ich mich in den tiefen, an vielen Stellen abgeschabten, braunen Ledersessel im Wohnzimmer. Wer hier schon alles dringesessen haben mag und aus der Geborgenheit des Hauses auf den Strand hinausgeblickt hat?

Die Sonne strahlt in einer Intensität, dass man glauben könnte, es wäre heiß draußen. In Wirklichkeit herrscht klirrende Kälte. Ich gieße Kaffee in eine Tasse, und nach einigen Schlucken fühle ich mich erfrischt und wach, aufgenommen von diesem Haus und seinen früheren Bewohnern, deren Seelen ich in dieser Stunde deutlich spüre.

## 16

Ich liebe meine Welt, mein kleines Universum. Manchmal denke ich, ich möchte es nie mehr verlassen. Es ist eine ganz eigene, meine ganz eigene Welt. Die Protagonisten sind meine Geschöpfe. Es ist, als bewege ich Marionettenfäden, und etwas von mir Gewünschtes geschieht. Gleichzeitig existiert da ein intensiver Sog, ein Zwang, dem ich unentrinnbar unterworfen bin. Ich bewege mich in einer Welt mit eigenen Gesetzen. Tag, Nacht und Traum verwischen sich. Berauscht pendle ich zwischen den verschiedenen Ebenen hin und her. Was ist Realität und was Traum, was Wirklichkeit und was Phantasie? Es spielt keine Rolle mehr. Der Zauber dieses Schwebens hat etwas Verführerisches an sich. Er wirkt wie eine Droge. Genussvoll gebe ich mich der Intensität der Gefühle hin. Belohnt werde ich durch unerschöpfliche Phantasie. Brandendes Abendrot, Wetterleuchten, Sturm, Freude und Schmerz. Der Schnee ist nicht so kalt, der Wind nicht so beißend und meine Einsamkeit prall gefüllt mit Leben.

»Ja, es ist gut, Leo.« Kurz streichle ich sein Fell. »Ich gebe dir gleich etwas zu fressen.«

Ich fülle seine Schüssel. Fressen und Schlafen scheinen im Moment seine Hauptbeschäftigungen zu sein. Ich dagegen vergesse manchmal meine Grundbedürfnisse, bis ein Zittern der Hände, ein flaues Gefühl im Magen oder eben Leo mich daran erinnern. Mein Lebensrhythmus hat sich kontinuierlich verändert. Oft schreibe ich bis tief in die Nacht und wache trotzdem nach wenigen Stunden wieder auf. Ein anderes Mal falle ich zu den unmöglichsten Zeiten von einer Minute zur anderen in einen beinahe todesähnlichen Halbstundenschlaf. Ständig suche ich etwas, meine Schlüssel zum Beispiel, dann koche ich statt Kaffee nur eine hellgelbe Brühe, weil ich vergessen habe, Kaffeepulver in den Filter zu geben. Solche Unachtsamkeiten sind ungewöhnlich für mich. Nun geschehen sie immer öfter. Doch mir scheint, es sind Banalitäten, im Vergleich zu dem, was in dieser Zeit entsteht. Eine neue Welt, ein Kosmos, von mir geschaffen, ein Feuerwerk an Bildern, Stimmen und Klängen. Allenfalls eine nicht abgeschaltete, bereits glühende Herdplatte erinnert mich daran, dass dieses völlige Eintauchen in die Geschichte Gefahren in sich birgt. In diesen Momenten ermahne ich mich zu größerer Aufmerksamkeit.

»Karen, wie lang soll ich noch in diesem Gefängnis sitzen? Ich halte das nicht mehr aus.« Sarah stolpert unglücklich in ihrem dünnen Kleidchen am Strand neben mir her. Ich kann es nicht fassen, jetzt habe ich nicht einmal mehr hier meine Ruhe.

»Sarah, du wirst dich erkälten, lass uns zu Hause darüber reden«, rate ich ihr widerwillig. Sie betrachtet mich nur verständnislos. Ihr Gesicht ist gerötet, aber die Kälte scheint sie nicht zu spüren.

»Karen, warum willst du nichts sagen, ziehst du es etwa in Erwägung, dass ich sterben soll?« Sie ist vor mich hingetreten und zwingt mich zum Anhalten. »Sag es mir, sag mir endlich, was geschehen wird.«

Ich werde wütend: »Was für einen Unsinn redest du da, was für einen Sinn sollte das haben?« Sarah hat sich wutschnaubend vor mir aufgebaut.

»Vielleicht, dass dein Liebling Shirley freie Bahn hat«, ihre Stimme trieft nun voller Hohn.

»Liebling, Liebling! So ein Quatsch«, antworte ich verärgert, schiebe sie zur Seite und gehe entschlossen weiter. Sie bleibt mir auf den Fersen. Dass sie so neben mir herrennt, macht mich nervös. Ich versuche, schneller zu gehen, um sie abzuhängen, doch Sarah folgt mir leichtfüßig wie eine Feder.

»Jetzt sagst du nichts mehr.« Ihre Augen funkeln mich wütend an.

»Wie kannst du sie nur mögen? Sie hat mir Tom weggenommen, und sie ist auch an allem anderen schuld. An allem!« Ihre Stimme hat einen schrillen Ton angenommen.

»Sarah, Tom hat es ebenso gewollt. Zu einer Beziehung gehören immer zwei.«

»Sie hat ihm den Kopf verdreht.«

»Sarah!«

So wie ich nach draußen geflüchtet bin, haste ich im Eilschritt nun zurück zum Haus und an meinen Schreibtisch. Schon wieder ist mein Manuskript durcheinander gewühlt. Was soll das eigentlich? Auf das oberste Blatt hat jemand aus Muscheln ein Muster gelegt. Das sieht ganz nach Shirley aus. Es sind kleine, aber nicht zu übersehende Botschaften. Ich finde sie überall. Volle Gläser, mehrere herumstehende Kaffeetassen, und immer wieder das durchgewühlte Manuskript. Neulich war sogar etwas darauf gekritzelt. Ich konnte es allerdings nicht entziffern.

»Was bezweckt ihr eigentlich damit?«

Mein Blick fällt auf Wasserpfützen am Boden.

»Wer hat hier etwas ausgeschüttet?« rufe ich mit schriller Stimme in den Raum. Jetzt schweigen sie. Natürlich, in diesem Moment sind sie sich einig. Ich fühle ein Grollen in mir hochsteigen. Aber auch Panik. Ich sitze auf einem heftig schaukelnden Floß und befürchte, jeden Augenblick ins Wasser zu fallen. Schnell verdränge ich das unangenehme Gefühl.

»Ich weiß, dass ihr es wart.«

Das sind Fußspuren. Fußspuren? Ein Schreck durchzuckt mich. Dann sehe ich auf meine Füße.

»Oh, entschuldigt, das war wohl ich selbst.« Ich ziehe meine Schuhe aus und stelle sie zum Trocknen vor die Heizung. Ich wische die Pfützen auf. Nein, ich will mich über solche Kleinigkeiten nicht mehr aufregen. Die Muscheln lege ich auf die Fensterbank zurück. Morgen liegen sie vielleicht wieder woanders. Es ist vermutlich ein Spiel, ein Spiel, dessen Regeln ich nicht begreife.


Sarah hört Schritte im Flur und Schlüsselklirren. Vor welcher Tür werden sie anhalten? Sie lauscht gespannt. Sarah fürchtet diese Geräusche und sehnt sie gleichzeitig herbei. Sie können alles bedeuten. Eine Nachricht, Post, ein Verhör, auf jeden Fall, dass irgendetwas geschieht. Die Schritte verstummen vor ihrer Tür. Der Schlüssel wird ins Schloss gesteckt und umgedreht. Erwartungsvoll sieht sie dem, der die Tür öffnet, entgegen. Es ist einer der Aufseher. Er fordert sie auf mitzukommen. Er sagt ein Wort, das wohl Besuch bedeutet. Tom? Ist es Tom? Ihr Herz macht einen kleinen freudigen Sprung. Doch sie gehen an dem üblichen Besucherraum vorbei, gehen weiter, immer weiter. Die Schritte hallen in den kahlen Fluren, der Weg kommt ihr unendlich vor. Schließlich betreten sie einen kleinen Raum, der bis auf einen Tisch und einige Stühle unmöbliert ist. Tom ist tatsächlich da. Aber er ist nicht allein. Ungeduldig stürzt er auf Sarah zu.

»Sarah, das ist Rafin Hamid, dein Rechtsanwalt.«

Der Mann, den er ihr vorstellt, ist klein und zierlich, geradezu schmächtig. Er ist korrekt gekleidet, in seinem Gesicht zeigt sich keine Regung. Mit einem kurzen Nicken begrüßt er sie.

»Sarah, er wird dir helfen, er ist der beste Anwalt, den es für einen Fall wie deinen gibt.«

Nein, schreit alles in ihr auf, nicht er. Doch wie hätte sie Tom das in der Gegenwart des Anwalts sagen können. Ihm mitteilen, dass sie diesen kleinen, drahtigen Mann nicht mag, dass sie kein Zutrauen zu ihm hat und es ihr unmöglich erscheint, ihr Schicksal in seine Hände zu legen?

»Kann er mich verstehen?« fragt sie Tom und hofft einen kleinen Augenblick, dass er sagt, sie bräuchten leider einen Dolmetscher. Tom versichert ihr begeistert, Rafin Hamid hätte einige Jahre in den USA studiert, spreche ein perfektes Englisch und Fälle wie dieser wären sein Spezialgebiet. Wenn Hamid sie nicht verstanden hätte, hätte sie Tom bitten können, einen anderen, vielleicht amerikanischen Anwalt zu suchen, anstelle von ihm, der genauso aussah wie die Menschen, die sie festgenommen hatten. Sie gefangen hielten und ständig mit hämischen Blicken verfolgten.

Ich will ihn nicht, ich will ihn nicht, schreit alles in ihr. Sie möchte sich an Toms Brust werfen. Sie sehnt sich so sehr nach seiner Umarmung, besonders jetzt, da er so unmittelbar vor ihr steht. Sonst war immer Wachpersonal dabei. Sie saßen sich gegenüber, und lediglich ihre Hände konnten sich berühren. Nun steht sie vor ihm wie zur Salzsäule erstarrt. Ausgerechnet der Anwalt, dem sie dieses unbewachte Treffen verdankt, hindert sie durch seine bloße Anwesenheit daran, Tom zu umarmen. So lässt sich Sarah schließlich wie eine Puppe an den Tisch führen und setzt sich willenlos Rafin Hamid gegenüber. Der spricht sie tatsächlich in lupenrein amerikanischem Englisch an. Sachlich und nüchtern klärt er sie über seine Vorgehensweise und die nächsten Schritte auf. Schweigend hört Sarah zu. Sie werde in den nächsten Tagen eine vollständige Übersetzung der Anklageschrift erhalten. Diese soll sie lesen und ihm den Sachverhalt aus ihrer Sicht schildern. Ein kleiner Trost, wenigstens geschieht endlich etwas.

Sarah kann sich auch in der Folgezeit nicht an diesen unpersönlichen Mann gewöhnen, der nun für ihr Wohl und Wehe zuständig sein soll. Tom überzeugt sie bei einem weiteren Besuch schließlich doch, dass Hamid trotz seiner unnahbaren Art der richtige Vertreter für sie sei.

»Sarah, du brauchst einen Anwalt, der außer den Gesetzen auch die Mentalität der Menschen hier kennt. Zudem hat Rafin Hamid die besten Verbindungen. Was nützt dir Sympathie, wenn dir der Mann nicht helfen kann?«

Sarah fühlt sich von Tom an Hamid abgeschoben. Allerdings muss sie zugeben, der Anwalt hat schnell einige Erleichterungen für sie erwirkt. Das Essen ist etwas besser. Gelegentlich findet sie durchaus Bekanntes auf ihrem Tablett. Brot, Wurst und Käse, Obst und Gemüse. Außerdem hat sie Papier und Stifte bekommen und einige Bücher in englischer Sprache, die sie ausgehungert verschlingt. Das Lesen der Anklageschrift wird dagegen zu einer Tortur. Sarahs Stimmung wechselt zwischen heftig aufkochender Wut und resignierender Apathie. Noch einmal durchlebt sie den Tag ihrer Festnahme, die Stunden davor und danach. Ihren triumphierenden Abschied von Tom, die letzten Meter bis zur Gepäckkontrolle. Sie spürt noch einmal, wie sie brutal am Arm gefasst und in das kleine Büro gezerrt wird. Sie sieht die geöffnete Reisetasche, ihre auf dem Tisch ausgebreiteten Kleidungsstücke und dazwischen das kleine Paket. Sie sieht Münder mit weißen Zähnen, die sich unaufhaltsam bewegen, hört Stimmen, die sie anbrüllen. Handschellen klicken um ihre auf den Rücken gezerrten Handgelenke. Man habe gemerkt, dass sie schuldig sei. Sie soll bestätigt haben, dass die Sachen auf dem Tisch ihr gehören. Eine Ungeheuerlichkeit folgte der anderen, viele Seiten lang. Ihre Worte wurden verdreht, sinnentstellt, so dass sie wie Schuldeingeständnisse klingen. Mit empörtem Herzen nimmt Sarah Stellung, Satz für Satz, Punkt für Punkt, ohne auf die bald wunden Finger zu achten.

Ich kann nicht mehr ruhig am Schreibtisch sitzen, und auch die Konzentration fällt mir zunehmend schwerer. Mein Gehirn weigert sich, auch nur einen einzigen weiteren Gedanken zu entwickeln. Ich sehe auf die Uhr. Kein Wunder, ich arbeite seit fünf Stunden ohne Pause. Mein Körper verlangt nach Bewegung und frischer Luft. Draußen empfängt mich Schneegestöber. Flocken wirbeln mir ins erhitzte Gesicht, schmelzen auf meinen Wangen und rinnen langsam hinab. Es kostet mich Überwindung weiterzugehen. Ich ziehe die Kapuze des Anoraks tiefer ins Gesicht und umwickle sie fest mit dem Schal, damit sie nicht mehr verrutschen kann. Ich sehe nur wenige Meter weit. Zu meiner Überraschung ist trotzdem jemand am Strand, eine dicht vermummte Gestalt, die sich mit schnellen Schritten entfernt. Das erinnert mich an die Fußspuren um mein Haus herum, die mich so erschreckt hatten. Kurz überlege ich, ob ich der Gestalt nacheilen und sie ansprechen soll. Doch dann lasse ich es. Was sollte ich fragen?

»Sind Sie neulich um mein Haus gegangen? Wollten Sie etwas von mir?«

Das erscheint mir unmöglich. Zudem hat der Fremde, ich bin mir sicher, es ist ein Mann, den Kopf tief zwischen die Schultern gezogen und scheint von seiner Umwelt keinerlei Notiz zu nehmen. Seltsam, dass sich der Mann, der sich in Bath telefonisch nach mir erkundigt hatte, nie mehr gemeldet hat.

Plötzlich steht er vor mir: Mitchell, braungebrannt und in sommerlicher Kleidung. Ich zucke zusammen, will mich umdrehen und weggehen. Doch er verstellt mir den Weg. Wenigstens ist er diesmal nicht nackt. Wie damals scheinen mich seine Augen zu durchbohren.

»Hör mir zu«, sagt er mit leiser, eindringlicher Stimme, »hast du gedacht, du kannst mich einfach in ein Buch packen, und damit bist du mich los?«

»Was wollen Sie von mir?« frage ich erschreckt.

»Ich will dich warnen ...«

»Aber ...« Ehe ich ihn fragen kann, wovor, ist er wieder verschwunden.

Irritiert gehe ich zum Haus zurück. Erst vor der Haustür wage ich, mich umzudrehen. Er ist niemand zu sehen.

Mit großem Unbehagen öffne ich die Tür. Ein Duft empfängt mich, ganz leicht, ein Hauch nur, und doch wahrnehmbar. Ist es ein Parfüm oder Rasierwasser? Während ich in meiner Erinnerung suche, woher ich es kenne, gehe ich ins Wohnzimmer. Auf dem Tisch ist alles unverändert. Der Bildschirm ist an. Eigentlich bin ich mir sicher, dass ich ihn ausgeschaltet habe. Während ich überlege, fällt mein Blick auf das zuletzt Geschriebene. Was ist das? Ich glaube nicht, was dasteht.

*»... und du hattest keinerlei Bedenken, keinen Verdacht? Hat er sich denn seither nicht noch einmal bei dir gemeldet? Nein?«*

Meine Augen lesen entsetzt weiter.

*»Es ist immer die gleiche Vorgehensweise. Er gewinnt das Vertrauen, die Freundschaft, die Liebe von dir, dann zerstört er dich.«*

Spinne ich? Das habe ich so niemals geschrieben, es ist völlig verändert. Erschüttert lese ich weiter.

*»Er war immer hier«, flüstert er.*

*»Karen fühlt sich unbehaglich.«*

Karen? Angst überfällt mich.

*»Sein Gesicht verriet nichts, obwohl er ihre Aufzeichnungen fast durchgelesen hatte. Dann schiebt er den Stapel Papier beiseite und sieht sie an.«*

Ich fühle plötzlich die Anwesenheit eines anderen im Raum. Ein Schauder kriecht mir über den Rücken. Abrupt drehe ich mich um. Ich sehe niemanden. Ich lausche. Dann starre ich wieder auf den fremden Text.

*»Was hat sich in Ihrem Leben vor dem Ereignis geändert?«*

*»Ich hatte Streit mit meinem Partner.«*

*»Gab es andere Leute in Ihrem Leben?«*

*»Nein.«*

*»Er hat sich nicht noch einmal gemeldet, doch er war immer* hier ...«

In Panik drucke ich die eben gelesenen Seiten aus und sehe kurz darauf die unbegreiflichen Worte schwarz auf weiß vor mir. Die Gedanken in meinem Kopf wirbeln wild durcheinander.

»Es ist ein Programmfehler! Oder Sarah und Shirley? Vielleicht habe aber auch ich ... Nein, ich weiß keine Lösung.«

»Wart ihr das?« schreie ich in den stillen Raum. »Kommt her, meldet euch!« Mein Herz poltert, schlägt Purzelbäume.

»Ruhig, Karen, jetzt ganz ruhig, nur nicht durchdrehen.« Doch das Grauen lässt sich nicht vertreiben. Beharrlich sitzt es vor mir wie ein hungriges Tier, das endlich sein Futter will.

»Mitchell, es war Mitchell«, flüstere ich vor mich hin, »er hat mir gedroht.«

Leo blickt mich verwundert an, steht auf und streicht mir beschwichtigend um die Beine. Ich streichle ihn gedankenverloren. Wessen Duft war das eben nur? Hilflos stehe ich im Raum. Dann durchzuckt mich ein anderer Schreck. Mein Buch, mein ganzes Buch, was, wenn noch mehr verändert wurde, wenn nichts mehr stimmt? Die Diskette! Ich bin mir sicher, ich habe den Text vor dem Weggehen gespeichert. Eine routinemäßige Angewohnheit, seit vor Jahren bei einem Gewitter der Computer abgestürzt ist und ein fast fertiger Artikel verloren war. Ich speichere den seltsam veränderten Text unter einem anderen Namen und spiele den Romantext von der Diskette neu auf. Ich lade ihn, und er ist da, als wäre nichts geschehen. Unverändert, genau wie in meiner Erinnerung. Erleichtert atme ich auf. Ich schwitze und mein Mund ist ganz trocken. Ich ziehe den feuchten Anorak aus und trinke ein Glas Wasser. Danach überprüfe ich die Szene mit dem Treffen zwischen Sarah und ihrem Anwalt: Konzentriert liest Rafin Hamid ihre Notizen. Sarah fühlt sich unbehaglich. Seinem Gesicht ist nichts zu entnehmen. Am liebsten wäre sie aufgestanden und im Raum herumgegangen, doch das wagt sie nicht. So starrt sie abwechselnd auf ihre Hände und sein Gesicht. Die Brille ist ihm tief auf die Nase gerutscht. Sein Gesicht verrät nichts. Endlich hebt er den Kopf, schiebt den Stapel Papier beiseite und sieht sie an.

»Das mag alles so stimmen, wie Sie es sagen, aber irgendwie ist das Heroin ja in Ihr Gepäck gekommen.« Sarah stockt fast der Atem.

»Aber ich habe die Wahrheit gesagt, glauben Sie mir das denn nicht?«

»Es nützt nichts, wenn ich Ihnen glaube, das hilft uns nicht weiter.«

»Ich weiß nicht, wie es in mein Gepäck gekommen ist. Jemand muss es hineingetan haben!« schreit Sarah fast. Tränen laufen ihr über die Wangen. Wenn der eigene Anwalt ihr nicht vertraut, wer soll ihr dann noch helfen?

»Was hat sich in Ihrem Leben unmittelbar vor dem Ereignis geändert?« fragt er nüchtern in ihr Schluchzen hinein.

»Ich hatte Streit mit meinem Partner, mit Tom«, antwortet sie leise.

»Er hat eine Beziehung mit einer anderen Frau.« Das interessiert Rafin Hamid jedoch nicht.

»Und sonst, gab es sonst irgendwelche neuen Leute in Ihrem Leben?«

»Ich habe mich mit einem Mann angefreundet.«

»Wie haben Sie ihn kennen gelernt?«

»Er war einer der Gäste«, flüstert sie. Sie fühlt sich wie auf der Anklagebank.

»Wie ist er auf Sie zugekommen?«

»Ich war unglücklich, er war aufmerksam und charmant. Er hat mich getröstet.«

»Und Sie hatten keinerlei Bedenken, keinen Verdacht?«

Sarah stutzt. »Sie denken, er hat ...«

»Hat er sich seither bei Ihnen gemeldet?«

»Woher sollte er wissen, wo ich bin?«

»Sie meinen, er hat nicht gemerkt, dass Sie nicht im Flugzeug saßen?« Als sie ihm nicht antwortet, spricht er weiter. »Es ist immer die gleiche Vorgehensweise. Sie gewinnen das Vertrauen, die Freundschaft, die Zuneigung von jemandem – und in Ihrer Situation war das ja besonders leicht –, dann benutzen sie die Person für ihre Geschäfte. Bei Ihnen schien ihm das Risiko besonders gering zu sein. Vermutlich rechnete er nicht damit, dass eine Reiseleiterin ebenso gründlich kontrolliert wird wie die anderen Gäste.

Sarah ist am Boden zerstört. Sie kann, nein, sie will es nicht glauben. Der eine Mann betrügt sie, der andere soll sie nur benutzt haben.


Ich bin erleichtert, der Text über Sarahs Gespräch mit ihrem Anwalt ist unverändert, doch die Unruhe bleibt, und ich fühle mich seltsam ausgelaugt. Unmöglich kann ich heute weiterschreiben. Ich entschließe mich, frühere Kapitel zu überarbeiten. Es gelingt mir, mich abzulenken. Als es dunkel wird, nimmt die Unruhe wieder zu. Wie soll ich nur die Nacht überstehen? Am liebsten hätte ich mich ins Bett verkrochen und mir die Decke über den Kopf gezogen. Aber dort fallen die Gespenster noch ungezügelter über mich her. Ich wünsche mir ein Radio oder einen Fernseher. Keines meiner Bücher kann mich fesseln. Voller Verzweiflung hole ich den schlafenden Leo aus dem Korb und drücke, wie in alten Zeiten, mein Gesicht in das Fell des verdutzten Tieres.

»Bleib, bleib doch bei mir, ich brauche dich jetzt!«

Etwas widerwillig und mit angelegten Ohren fügt er sich in meine heftige Umarmung. Unruhig gehe ich mit ihm zwischen Wohnzimmer und Küche hin und her. Dann erinnere ich mich an die Flasche Wein. Ja, das ist die Rettung! Den besonderen Tropfen hatte ich für einen eventuellen Besuch von Robert gekauft. Ich gebe den erleichterten Kater frei, der sich kurz schüttelt und sich sofort in seinen Korb verkriecht. Ich hole die Flasche aus der hintersten Ecke des Küchenschranks. Noch in der Küche fülle ich ein Glas mit der dunkelroten Flüssigkeit und nehme sofort einen großen Schluck. In Sekundenschnelle fühle ich den Alkohol in sämtlichen Gliedern – seit Wochen hatte ich keinen Schluck getrunken. Mit Flasche und Glas setze ich mich in den braunen Ledersessel, lausche dem prasselnden Feuer und verfolge gedankenlos die Schatten an der Wand. Irgendwann taumle ich in wohliger Gleichgültigkeit ins Bett.

Am nächsten Morgen fühle ich mich ziemlich erschlagen. Ich habe leichte Kopfschmerzen. Es dauert einige Zeit, bis ich mich zum Aufstehen entschließen kann. Erst der Blick zum Fenster hinaus muntert mich etwas auf. Endlich ein Tag ohne die pausenlos vom Himmel fallenden Schnee. Endlich ein Tag ohne das eintönige Grau in Grau. Jetzt einen Kaffee, vielleicht wird es ja ein ganz ordentlicher Tag.

»Ja, Leo, ich komm' ja schon. Jetzt geh zur Seite.«

In seiner Begrüßungsfreude verstellt er mir bei fast jedem Schritt den Weg. Ich füttere den ausgehungerten Kater und stelle die Kaffeemaschine an, ehe ich mich dusche. Nach dem Frühstück dauert es einige Zeit, bis ich mich entschließen kann, den Computer einzuschalten. Was, wenn wieder etwas verändert ist? Nachdem ich mich doch dazu durchgerungen und mich kurz eingelesen habe, bin ich beruhigt. Alles scheint unverändert. Ich konzentriere mich auf den Text.


Sarah sitzt auf der Matratze und starrt in ein fernes Nichts. Heute kann sie weder lesen noch aufschreiben, was sie fühlt. Es ist, als hätte sie jegliche Energie in den letzten Wochen verbraucht. Sie hat sie verschleudert, verschwendet, alles war umsonst. Ständig greift sie sich an den Hals, versucht den Strick zu entfernen, den sie an der Kehle fühlt. Noch schrecklicher sind die Gedanken an das Messer oder ein klobiges Beil. Sie fühlt den scharfen Schmerz eines Schnittes, spürt das Pochen und sieht einen nicht enden wollenden Blutstrom, der aus der Wunde quillt. Sie erinnert sich an den haarfeinen Schnitt eines Papierbogens, dessen glühender Schmerz sie zusammenzucken ließ. Aus dieser Wunde floss kein Blut, dafür brannte sie wie Feuer. Wie würde es sein? Wie ist es, wenn ein Messer den Kopf vom Körper trennt? Ist der Schmerz schnell vorbei?

Der Morgen der Gerichtsverhandlung ist gekommen. Sarah, das Opferlamm. Sie sieht die Menschenmassen im Gerichtssaal, spürt die aufgeregt-fröhliche Stimmung der Zuschauer. Als der Prozess beginnt, ist jeder Platz besetzt. Es ist stickig im Raum, und in kürzester Zeit wird die Luft zum Schneiden dick. Außer ihr scheint das niemanden zu stören. Würden diese Menschen genauso fröhlich ihrer Hinrichtung beiwohnen? Ihr wird übel, sie glaubt zu ersticken. Sarah atmet heftig dagegen an, aus und ein. Sie empfindet die Luft wie Gift. Sie wird mich töten, denkt sie. Vielleicht aber wird sie im Verlauf der nächsten Minuten einfach umfallen. Kleine Rinnsale aus Schweiß laufen ihren Körper hinab. Wie wird die Meute reagieren, wenn sie umfällt, sie, die Hauptdarstellerin des Stücks. Wenn die Zuschauer um die Vorführung gebracht werden, auf die sie so gespannt warten. Das Stimmengemurmel erinnert sie an das Publikum in einem Theater, bevor sich der Vorhang öffnet.

Trotzdem hofft sie verzweifelt. Immerhin hat sie seit Wochen diesem Tag entgegengefiebert. Sie war sich so sicher, er würde sie der Freiheit ein großes Stück näherbringen. Sie wollte schön sein an diesem Tag und hat sich von Tom eines ihrer Kleider bringen lassen. Lose und fremd hängt das blaue Leinenkleid an ihr.

Auf dem Weg zum Gerichtsgebäude lodert die Erinnerung in ihr auf. Es ist der beinahe gleiche Weg wie damals, am Tage ihrer Verhaftung. Unzählige Autos und Menschen bewegen sich in einem bunten Durcheinander durch die Straßen. In der Stadt ist das Leben weitergegangen, als sei nichts geschehen. Genau so hat es begonnen, denkt sie, und vielleicht wird es so auch enden. Die Freiheit ist so nah, nur durch eine Autoscheibe von ihr getrennt. In diesem Moment wagt sie sogar auf ein kleines Wunder zu hoffen, vielleicht ist sie ja am Ende des Tages frei.

Doch alles kommt ganz anders. Richter und Staatsanwalt betreten den Raum und verstärken durch ihre schwarzen Roben und weißen Lockenperücken bei ihr das Gefühl, mitten in einer Theateraufführung zu sein. Das Gemurmel verstummt, die Stimmung um sie herum verwandelt sich. Staatsanwalt und Richter sagen irgendetwas, die Verhandlung beginnt. Personendaten werden genannt, Sarah erkennt ihren seltsam ausgesprochenen Namen. Die Anklagepunkte werden verlesen. Der Dolmetscher zischt ihr Sätze zu. Das stört sie. Gebannt verfolgt sie Blicke und Gesten, hofft, sie könne auch bald sprechen, sie würde endlich angehört werden. Worte drängen in ihr Bewusstsein, füllen Kehle, Brust, den ganzen Körper, jeden Hohlraum, brennen auf ihren Lippen. Doch ihr Anwalt stoppt sie mit einer kleinen, unmissverständlichen Geste. Sarah hält erschrocken inne. Er sagt etwas in den Raum, ruhig und unpersönlich, nüchtern und sachlich.

Was hat der Dolmetscher gesagt? Sarah ist vom Sprachengewirr irritiert. Sie versteht nichts mehr. Anscheinend geht es um ihre Verhaftung.

Warum sagt er das mit Mitchell nicht? denkt sie. Wieder sieht sie ihren Anwalt fragend an. Er registriert es nicht. Seine Miene ist unverändert. Sie scheint vollkommen unwichtig zu sein, so als sei sie gar nicht da. Wie damals bei ihrer Verhaftung. Es wird über sie geredet, aber nicht mit ihr. Um was geht es eigentlich? Interessiert sich hier niemand für die Wahrheit? Ist alles nur ein Spiel, eine Show, ein Scheingefecht? Was wird hier gespielt? Sie durchschaut die Regeln nicht. Auch die Strategie ihres Anwalts bleibt ihr verborgen. Ein leidenschaftsloser Kampf. Warum kämpft er nicht für sie? Ist er gar nicht auf ihrer Seite? Oder steht der Ausgang des Prozesses von Anfang an fest? Sarahs Empörung sackt zusammen, macht großer Verzweiflung Platz. Hilflos blickt sie um sich. In den Menschenmassen entdeckt sie ein bekanntes Gesicht: Tom! Auch er blickt besorgt. Er ist allein gekommen, natürlich, jetzt nimmt er Rücksicht auf sie. Diese Feststellung erfüllt sie weder mit Freude noch mit Triumph. Stattdessen gähnt da eine große Leere. Nein, an diesem Tag wird kein Wunder geschehen.

Bis zu diesem Tag hat die Wut sie aufrechterhalten, die Empörung über die Ungerechtigkeit. Sie sah sich als Hauptdarstellerin eines Dramas, und Toms Schuldgefühle taten ihr gut. Sie bedauerte sich ob des schlechten Essens, der Kälte und der Hitze, der schimmeligen Duschräume, der kleinen Zelle und wegen ihres ausgemergelten zarten Körpers. Am schlimmsten war jedoch der Verlust der Individualität und der Freiheit. Innerhalb eines einzigen Tages hat sich das alles geändert. Die Möglichkeit, von diesem grauen Gemäuer in kurzer Zeit in die Todeszelle zu wechseln, steht plötzlich als reale Bedrohung unmittelbar vor ihr.

Was nützt es ihr nun, wenn Tom leidet, wenn sogar seine Beziehung zu Shirley daran zerbricht? Die narzisstische Verletzung und Kränkung ihrer Eitelkeit wird zu einer lächerlichen Kinderei in Anbetracht der Möglichkeit, bald tot zu sein. Die Vorstellung, ihr Atem würde nicht mehr ihren Brustkorb heben und senken, ihr Körper, abrupt vom Lebensfaden getrennt, würde schweigen. Der Zerfall würde einsetzen und letztendlich die leblose Hülle wie ein abgetragenes Kleid weggeworfen. Ihr Dasein so früh und mutwillig zerstört und beendet, bevor sie richtig zu leben begonnen hätte. Niemals mehr würde sie Schnee sehen, nicht mehr ihre Eltern, Großeltern und Freunde, keine Frühlingsblumen, keine Rosen, keine Bäume und Wiesen mehr. Ja nicht einmal mehr aus der Zelle heraus dieses kleine Stück vom blauen Himmel. Wie kostbar erscheint es ihr nun. Ein tiefes verzweifeltes Schluchzen schüttelt Sarah. Sie will leben, leben, leben ... Nichts Anderes zählt mehr als leben, weiteratmen, nicht getötet werden. Weiterleben auch ohne Tom. Tom ist nicht mehr wichtig, nicht Shirley, nicht der Beruf, nicht Karriere, nicht Geld, nicht Mode und Kleider, kein schönes Haus. Warum hat sie sich nur so zerfleischt wegen Toms Beziehung zu Shirley, hat geglaubt, die Welt würde einstürzen? Was hat sie damals schon von Katastrophen gewusst? Das Leben, jetzt da es an einem seidenen Faden hängt, wie unvergleichlich kostbar ist es in diesem Moment. Einfach leben, wenn es sein muss auch noch Wochen, Monate oder gar Jahre in dieser Zelle. Sie muss leben, und sei es mit dem kleinsten Fünkchen Hoffnung auf Freiheit, irgendwann. Zwanzig, dreißig, vierzig, fünfzig, ja vielleicht sogar noch sechzig Jahre Leben. Ja, es lohnt sich, dafür zu kämpfen. Solange sie lebt, besteht eine Chance. Die Chance auf Freiheit, die Chance, dass sich die Tür eines Tages für sie wieder öffnet, dass sie hinausgehen wird auf die Straße, eintauchen in den Strom der Menschen, frische Luft atmen, Sonne auf sich fühlen oder frischen prickelnden Regen. Stimmen hören, lachen, Blumen riechen, Seen und Flüsse sehen, über einen Waldweg laufen, Musik hören. Ja, das ist Glück, vollkommenes unermessliches Glück, wahrer Reichtum.

Die Sehnsucht, das Verlangen und die Trauer um ungelebte Möglichkeiten zerreißen ihr beinahe das Herz. Doch in einem verborgenen Winkel keimt Hoffnung, neu und kraftvoll.

# 17

Nach einer weiteren halben Stunde Arbeit fühle ich mich erschöpft und ausgelaugt. Ich bin zufrieden mit meinem heutigen Arbeitspensum, und ich muss den traurigen Bildern für eine Stunde entkommen. Ich genieße die Möglichkeit, dies einfach tun zu können. Freiheit ist das wertvollste Gut. Ich speichere sorgfältig meinen Text auf der Diskette und stecke sie in die Box neben dem Computer. Plötzlich habe ich Bedenken. Kurz entschlossen speichere ich den Text auf eine weitere Diskette, stecke sie in ein Kuvert und verstecke es in meinem Kleiderschrank. Dann verlasse ich einigermaßen beruhigt das Haus. Die frische Luft tut mir gut. Hoffentlich bleiben meine Protagonisten heute im Haus. Ich möchte nicht mit ihnen diskutieren. Ich möchte mich überhaupt mit niemandem unterhalten. Ich möchte einfach gehen, mich bewegen, das Rauschen der Wellen bewusst wahrnehmen. Den Wind spüren und vielleicht den Möwen mit dem Blick folgen, ihren unergründlichen Kurven und Bögen. Geschehen lassen und einfach sein.

Obwohl es nicht schneit, ist es ungemütlich kalt. Automatisch verfalle ich in ein schnelles Tempo und bin mit meinen Gedanken wieder bei Sarahs Prozess. Könnte nicht beim nächsten Gerichtstermin eine Entscheidung fallen? Der zermürbende Vorgang quält mich. Der Bogen ist gespannt. Wie weit kann, muss, soll ich gehen? Einen Millimeter, dann noch einen, und einen weiteren? Wann wird der Pfeil losgehen? Ich werde es merken. Ungeduld würde alles nur verderben. Es wäre wie das Pflücken einer unreifen Frucht. Ich muss sorgfältig und behutsam vorgehen, sonst werde ich alles zerstören.

Als ich das Haus erreiche, stürme ich aufgrund der jüngsten Vorkommnisse zuerst ins Wohnzimmer und kontrolliere den Raum. Der Bildschirm ist aus. Das Manuskript liegt an der gleichen Stelle und wirkt unberührt. Ich bin beruhigt und entschließe mich, Kaffee zu kochen, bevor ich weiterarbeite. In der Küche fällt mein Blick sofort auf den Tisch. Eine Flasche Wein steht dort, ein Glas, und daneben eine dunkle Rose in der mit Wasser gefüllten Weinflasche vom Vortag.

Trink mit mir auf unsere Freiheit, steht auf einem Zettel. Mir wird schwindlig, meine Knie geben nach. Ich lasse mich auf einen Stuhl fallen, habe Angst, dass der Boden sich öffnet und mich im nächsten Moment verschlingt. Schnell entferne ich den nur lose aufgesetzten Korken, gieße ein Weinglas voll und stürze es hastig in mich hinein. Der Wein ist köstlich. Es ist ein trockener, schwarz schimmernder Rotwein. Beim Trinken spüre ich die Beeren auf meiner Zunge. Ich schlucke. Mein Mund wird trocken, beinahe pelzig, und ich nehme einen zartbitteren Nachgeschmack wahr.

Auch die langstielige Rose ist fast schwarz. Mit meinen Fingern prüfe ich, ob sie echt ist. Sie ist ganz samtig und zweifellos echt. Ich sollte etwas essen, denke ich. Plötzlich beginnt das Bild vor meinen Augen zu verschwimmen.

»Trinke mit mir auf unsere Freiheit! Was soll das heißen?« frage ich mit schwerer Zunge in den Raum.

»Ich bin Karen, ich bin nicht Sarah. Ich bin nicht eingesperrt. Karen, du bist die einzige Autorin der Welt, deren Figuren tatsächlich lebendig geworden sind«, lalle ich vor mich hin. Der Raum dreht sich. Zarte Töne setzen ein, schwellen an, fröhliche ausgelassene Musik. Sarah und Shirley tanzen vor mir. Sie lachen mich an, fordern mich auf mitzutanzen. Ich möchte auf sie zugehen, sie berühren, doch meine Knie sind wackelig. Dann drückt mich jemand auf den Stuhl zurück. Ist es Tom?

»Komm, geh nicht weg von mir.« Er schenkt mir ein weiteres Glas Wein ein. »Trink, Karen, trink, es ist unser Fest.«

Er setzt mir das Glas an die Lippen und lächelt dabei. Ich möchte es wegschieben. Nun ist es nicht mehr Tom, es ist Robert, der mich anlächelt. Fasziniert sehe ich in das Gesicht, das mir so nahe ist.

»Liebling trink«, flüstert er. Was ist das nur für eine Stimme? Sie klingt ganz heiser und zärtlich. Sarah und Shirley lachen.

»Warum lachen sie?«

»Sie freuen sich mit uns.«

»Warum?«

»Bald wird uns nichts mehr trennen.«

Ein Glücksgefühl breitet sich in mir aus. Ich glaube zu tanzen. Nein, ich tanze nicht, ich schwebe. Die Wände drehen sich um mich, Gesichter verschwimmen. Ich fühle mich schwerelos, glaube unter der Decke zu schweben. Dann öffnet sich vor mir ein Strudel, der mich gierig in sich aufsaugt.

Um mich herum ist dunkle Nacht. Wo bin ich? Ich entdecke das leuchtende Zifferblatt des Weckers. Es ist kurz vor fünf. Wie bin ich in mein Bett gekommen? Ich taste nach dem Lichtschalter. Erschreckt schließe ich vor der Helligkeit die Augen. Mein Kopf dröhnt, mir ist heiß, die Luft riecht abgestanden. Mein Bett ist zerwühlt. Eine schwache Erinnerung kriecht in mein Bewusstsein. War das ein seltsamer Traum! Oder war es gar kein Traum? Ein Schreck durchzuckt mich. Was ist passiert? Abrupt setze ich mich auf. Meine Kleider liegen über den Boden verstreut. Ich selbst bin nackt. Mir wird schlecht, mein Schädel brummt. Ich möchte aufspringen und das Fenster öffnen. Mein Körper gehorcht mir nicht, das ganze Zimmer scheint zu schwanken. Ich bleibe liegen und hoffe, dass der Schwindel bald nachlässt. Während ich mit geschlossenen Augen warte, versuche ich die Ereignisse der letzten Stunden zu ergründen. Ein dumpfes Geräusch lässt mich hochschrecken.

## 18

Leo ist auf mein Bett gesprungen und tapst nun auf mir herum. Müde kraule ich sein Fell.

»Kannst du mir sagen, was geschehen ist?«

Er schnurrt, er hat wohl Hunger. Ich habe das Gefühl, nie mehr aufstehen zu können.

Kaffee, ich brauche Kaffee. Nein, Tee! Tee ist besser, meldet mir mein Magen. Zuerst eine Dusche. Ich zwinge mich zum Aufstehen, hänge mir den Bademantel über. Oh Gott, was habe ich nur gestern getrunken und wie viel? Der Wein fällt mir ein. Was war das nur für ein Wein? Ich hatte doch gar keinen mehr. Verschwommene Bilder flackern auf, Erinnerungen an Tanz und Musik, an eine Stimme, die mir ins Ohr flüstert. War wirklich jemand da? Ich muss sofort nachsehen, wie es in Wohnzimmer und Küche aussieht.

Etwas wackelig gehe ich die Treppe hinunter. Leo folgt mir hocherfreut. In der Küche ist nichts zu sehen, im Gegenteil, alles ist ordentlich aufgeräumt. Wo ist die Flasche, das Glas? Ich suche im Wohnzimmer. Auch dort ist nichts Ungewöhnliches zu sehen. Die Heizung brummt friedlich wie immer. Der Computer ist ausgeschaltet. Das Manuskript ordentlich auf einem Stapel. Alles ist, als wären der gestrige Nachmittag und der Abend vollkommen normal verlaufen.

Jetzt bin ich verrückt geworden, schießt es mir durch den Kopf.

Der Zettel, da war doch ein Zettel mit einer Nachricht. Ich sehe im Mülleimer nach. Nichts – weder ein Zettel noch eine Flasche oder sonst irgendetwas, was die schemenhaft erinnerten Vorgänge bestätigen würde. War es vielleicht doch nur ein Traum? Aber warum geht es mir dann so schlecht? Ziemlich konfus wanke ich einige Minuten zwischen den Räumen hin und her, dann schleiche ich unter die Dusche. Minutenlang lasse ich das Wasser über Kopf und Körper rauschen. Erst warm, dann kalt, warm und wieder kalt. Endlich fühle ich mich etwas besser. Ich rubble meinen Körper trocken, frottiere mein Haar und gehe im Bademantel hinunter.

Sarah sitzt vollkommen regungslos auf ihrem Bett, die Beine hält sie angewinkelt, ihre Augen sind geschlossen. Ihr Gesicht ist blass und entspannt, als wäre sie der Welt entrückt. Tatsächlich nimmt sie ihre Umwelt nicht mehr wahr. Sie hat eine Möglichkeit entdeckt, ihrem Gefängnis wenigstens auf Zeit zu entkommen. Sarah lauscht in sich hinein, hört auf ihren Herzschlag, dieses Pochen, das schnell ruhiger wird. Bald wird es begleitet von zarten Klängen. Ganz leicht hat sie ihr Gefängnis verlassen, ihre Gedanken sind einfach hinausgeschwebt, sie lassen sich durch Mauern nicht aufhalten. Nun sitzt sie auf einer grünen saftigen Frühlingswiese, ein lauer Wind streichelt ihre Wangen, und sie atmet den Duft von Blumen und Gräsern. Alles Schwere ist von ihr abgefallen. Ihr Körper ist leicht. Oder trägt sie ihn gar nicht mehr? Gesichter tauchen auf, freundliche, bekannte Gesichter. Sarah erkennt ihre Eltern, Großeltern und Freunde. Sie winken ihr lächelnd zu. Sie scheinen zwar ganz nah zu sein, trotzdem kann sie sie nicht berühren, ja nicht einmal mit ihnen sprechen. Ist Sterben so? Ein Ruck geht durch ihren Körper. Ist das, was sie hier tut, gut, oder wird sie jetzt verrückt? Ver-rückt, weggerückt von dem Platz, an dem sie nicht mehr sein möchte. Sarah bekommt Angst, reißt sich zusammen. Was ist, wenn sie eines Tages nicht mehr zurückfindet?

Plötzlich wird mir übel. Ich muss etwas essen. Natürlich, es ist vielleicht sechzehn oder achtzehn Stunden her, seit ich etwas gegessen habe. Ich vergesse das öfter in letzter Zeit. Auch jetzt habe ich eigentlich keinen Hunger, doch ich weiß, dass ich mich zum Essen zwingen muss. Mit zittrigen Händen schneide ich ein Brot ab und streiche Butter darauf. Ich würge es mit Tee herunter, doch es wird mir nicht besser. Kleine Schweißperlen brechen durch die Haut aus meinem Körper, ich muss mich hinlegen. Mit einer Tasse Tee gehe ich ins Schlafzimmer. Ich steige über die Kleider am Boden, öffne das Fenster und lasse mich aufs Bett fallen. Bald schüttelt mich ein Frösteln. Ich wickle mich dicht in die Decke. Ich habe Angst, ernsthaft krank zu werden. »Ich muss besser auf mich aufpassen«, murmle ich vor mich hin, bevor ich einschlafe.

Als ich wieder aufwache, ist heller Tag. Der Raum ist vollkommen ausgekühlt. Ich friere, doch es geht mir besser. Ich schließe das Fenster, föhne meine Haare, die kalt und feucht sind. Ich werde einen Spaziergang machen, danach ausgiebig frühstücken und schließlich weiterarbeiten.

Bevor ich das Haus verlasse, treffe ich umfangreiche Vorkehrungen. Ich speichere meinen Text und sichere ihn auf der Diskette neben dem Arbeitsplatz. Eine zweite Sicherungsdiskette stecke ich kurzentschlossen in eine Tasche meines Anoraks. Danach prüfe ich, ob die Fenster verschlossen sind und die Tür zum Schuppen zugesperrt ist. Ich vergewissere mich, ob keine Gläser und Tassen herumstehen und der Computer ausgeschaltet ist. Erst dann verlasse ich einigermaßen beruhigt das Haus.

Feine Schneeflocken wirbeln durch die Luft, und es ist ziemlich kalt. Tief ziehe ich mich in meinen Anorak zurück. Lustlosigkeit und Resignation bedrücken mich, es kommt mir vor, als sähe ich seit Monaten das gleiche Bild, ein tristes totes Grau. Zum ersten Mal verspüre ich den Wunsch wegzugehen. Wegzugehen von dieser Kälte, der Einsamkeit, diesem trostlosen Grau und von den merkwürdigen Dingen, die ständig geschehen. Aus ganzem Herzen sehne ich mich nach Sonne, Wärme und Menschen um mich herum. Einfach die Koffer ins Auto packen und wegfahren, zu Grace, zu meinen Eltern oder zu meiner fröhlichen, lebenspraktischen Großmutter. Sie würde mich bestimmt aufmuntern, sie hat es immer geschafft. Ich könnte mich dort für einige Zeit verkriechen und irgendwann etwas Anderes tun. Aber schon im gleichen Moment, in dem dieser Gedanke noch mein Herz erwärmt, weiß ich, dass ich das nicht kann. Unzählige kleine Fesseln halten mich fest. Es wäre eine Flucht, nein, es wäre noch schlimmer, es wäre, als würde mein Leben plötzlich rückwärtslaufen. Die letzten Jahre wären umsonst. Ich bekomme vielleicht keine weitere Chance, da ich alle Chancen, die einem Menschen zustehen, verbraucht habe. Ich befürchte, Sarah, Shirley und Tom müssten für immer hierbleiben. Ich könnte mein Buch niemals beenden und auch kein neues beginnen.

Ich bin bei den Felsen angekommen. Dort, wo mir Mitchell begegnet ist. Heute sehe ich nur schroffe und abweisende Felsbrocken, an denen sich das Wasser bricht, bevor es in die Unendlichkeit zurückdonnert. Wo wird er wohl jetzt sein? Nur nicht an ihn denken, sonst beschwöre ich ihn womöglich herauf. Hastig mache ich mich auf den Rückweg.

Was wird mich im Haus erwarten? Nein, lieber auch nicht daran denken, sonst geschieht erst recht etwas. Ich habe Angst vor meinen Gedanken, sie kommen ungerufen, ich habe keinen Einfluss darauf. Und sie bewirken so viel. Ich werde immer schneller, je mehr ich mich dem Haus nähere. Nervosität breitet sich in mir aus. Plötzlich kommt mir Leo entgegen. Zuerst bin ich nur verwundert. Sein Schwanz ist aufgebauscht und vibriert. Sein ganzer Körper drückt Irritation aus. Ängstlich streicht er um meine Beine. Dann der Schock. Er war im Haus, er war gar nicht draußen! Das kann doch gar nicht sein.

Mit Sicherheit weiß ich jetzt, dass etwas Schlimmes geschehen ist oder bald geschehen wird. Schwindel überkommt mich, meine Knie werden weich. Mein Herz schlägt viel schneller als es sollte. Ich möchte stehen bleiben und gehe doch weiter. Mein Mund ist trocken, die Übelkeit ist wieder da. Meine Gedanken rasen. Es ist ein Wirbelsturm in meinem Gehirn. Kopfschmerzen kündigen sich an. Ich kann nichts mehr aufhalten. Während ich wie fremdgesteuert auf das Haus zugehe, rede ich unaufhaltsam auf Leo ein. Reden ist jetzt mein einziges Ventil.

»Was machst du hier, wie bist du herausgekommen?« meine Stimme klingt hysterisch. In meinem Gehirn hämmert es: Jetzt ist es soweit, jetzt wird es geschehen. Jemand wird da sein. Sarah und Shirley. Ich habe ihnen zu viel Leben gegeben, ihnen zu viel Macht eingeräumt. Sie haben die Regentschaft über Geschichte und Haus übernommen. Oder Mitchell ist da, der Nackte, der sich aufwärmt mit irrem Blick.

Während ich auf die Tür zusteuere, die Klinke herabdrücke, die Tür sich widerstandslos öffnet, obwohl ich sie abgeschlossen hatte, suche ich verzweifelt nach einer weiteren Möglichkeit. Es kann nicht sein, es darf nicht sein. Es wird sich alles aufklären. Es ist bestimmt ganz harmlos. Vielleicht stellt sich sogar alles als nette Überraschung heraus. Verrückte Gedanken bestürmen mich. Robert wird im Wohnzimmer sitzen und sich amüsieren über den gelungenen Scherz. Oder Clifford ist auf einen Besuch vorbeigekommen. Oder Grace oder jemand anderes, der mir jetzt nicht einfällt. Gleich werde ich selbst erleichtert darüber lachen. Ich sehe mich, wie ich anderen diese ungewöhnliche Geschichte erzähle, über die sich dann alle amüsieren. Ich denke an den kleinen Skorpion, den ich auf einer meiner Reisen in Afrika in meinem Bett gefunden habe. Oder an die Löwen, die auf einer Safaritour um mein Zelt geschlichen sind. Einmal fühlte ich mich in einer Stadt verfolgt, dabei trug mir nur der Kellner mein Notizbuch nach. Was hatte ich mir damals alles zusammenphantasiert, während ich flüchtete ... Immer war alles gut ausgegangen.

Das alles denke ich, während ich das stille Haus betrete. Wie viel man denken kann in so wenigen Sekunden. Entsetzt vernehme ich das laute Knarren meiner vorsichtigen Schritte auf den Holzdielen. Mein eigener Atem erscheint mir wie lautes Keuchen. Selbst das Knistern meines Anoraks habe ich noch nie so laut gehört. Im Wohnzimmer blinkt mir vom Arbeitsplatz der Cursor des blauen Bildschirms entgegen. Davor liegt ein Zettel.

E N D E – Niemand außer mir wird dich jemals mehr besitzen.

# 19

Mein ganzer Text ist gelöscht. Grauen erfasst mich. Nein, das ist kein Scherz. Hier treibt jemand ein abartiges Spiel mit mir. In der Küche steht wieder eine Flasche Wein auf dem Tisch, ein Glas daneben. Dunkelrote Blütenblätter sind über den Tisch verstreut. Nun kann ich mich auch wieder erinnern, nicht an alles, aber an viele Bilder. Den Wein, die Rose, eine Nachricht, die berauschende Wirkung bereits des ersten Glases, Stimmen, Musik. An einen Mann und seine zärtlichen Worte. Der Rest der Nacht liegt im Dunkel. Plötzlich erscheint, für ein winzige Sekunde, ein Schatten im Viereck des Küchenfensters. Das ist er! Er beobachtet mich! Er will sehen, was ich tue!

Wie von Sinnen rase ich hinaus, um das Haus herum. Nein, ich bin nicht verrückt, ich war schon lange nicht mehr so klar. Ich folge den Spuren und einer dunkel gekleideten dahin huschenden Gestalt. Krachend brechen Äste. Eine Autotür schlägt zu, ein Motor heult auf. Aufglühende Rücklichter entfernen sich schnell.

Glasklar sehe ich alles vor mir. Nein, ich bin nicht verrückt. Jetzt weiß ich es. Die Tatsache ist erleichternd und erschütternd zugleich. Hier war jemand, das war alles inszeniert, es war keine Einbildung. Alles, was in den letzten Wochen geschehen ist, war keine Ausgeburt meiner Phantasie. Jemand ging im Haus ein und aus, frei und ungehindert. Diese Person hat einen Schlüssel. Sie kam herein, auch wenn Fenster und Türen verschlossen waren.

Die Ungeheuerlichkeit dieser Erkenntnis wird mir mit jeder Sekunde bewusster. Er hätte auch nachts ins Haus kommen können, während ich schlief. Oder morgens, wenn ich unter der Dusche stand und anschließend nur mit dem Bademantel bekleidet in die Küche ging. Er hätte hinter mich treten können, während ich in Gedanken versunken mit Sarah und Shirley diskutierte. Er hätte mich bestehlen und zu allem Möglichen zwingen können. Er hätte mich verletzen oder gar töten können.

Er hat es nicht getan. Er? Ich bin überzeugt, es ist ein Mann. Was um Gottes Willen will er nur von mir? Dieses vollkommen Unbegreifliche ist so schrecklich.

Ich gehe ins Haus zurück. Der Anrufer, der mysteriöse Anrufer, das muss er gewesen sein. Er hat sich nie mehr gemeldet, er hat sich den Schlüssel besorgt. Er hat ihn in einem unbeobachteten Moment bei Grace vom Haken genommen und dann den Weg zu mir gesucht. Genau so muss es gewesen sein.

Im Schritttempo quäle ich mich durch das Schneegestöber nach Bath. Obwohl es erst sechzehn Uhr ist, liegt die Landschaft bereits in undurchdringlicher Dämmerung. Außer mir ist kein weiteres Auto unterwegs. Nur ein Verrückter wäre jetzt unterwegs oder jemand in einer Situation wie ich. Immer wieder rutsche ich. Die Fahrt kostet mich höchste Konzentration. Nur nicht vom Weg abkommen, nur nicht liegen bleiben. Womöglich steht er irgendwo und beobachtet mich. Ein Schweißfilm bedeckt meinen Körper. Die Fahrt, für die ich sonst nur eine Dreiviertelstunde benötige, dauert über zwei Stunden. Als ich endlich in Bath bin, fühle ich mich unglaublich erleichtert.

Grace ist erstaunt, mich zu sehen, vor allem bei diesem Wetter. Doch sie erkennt auf den ersten Blick an, dass etwas Außergewöhnliches geschehen sein muss.

»Karen, was ist denn, was treibt dich bei diesem Wetter hierher?« Dabei sieht sie mich erschreckt und fragend an.

»Grace, ist der Schlüssel zum Haus noch da?« stoße ich statt einer Begrüßung hektisch heraus. »Bei mir geht jemand ein und aus.«

»Jetzt beruhige dich, Karen, was ist denn passiert?« Behutsam zieht sie mich in ihr Büro und dirigiert mich auf den einzigen Stuhl, der nicht mit irgendwelchen Unterlagen bedeckt ist. Sie räumt sich einen zweiten frei und setzt sich mir gegenüber.

»Jetzt erzähle.«

Reichlich durcheinander schildere ich ihr die Vorkommnisse und Beobachtungen der letzten Wochen. Grace hört mir ernst und besorgt zu, dann verschwindet sie in der Küche, kommt aber gleich darauf zurück.

»Also der Schlüssel hängt an seinem Platz.«

»Dann hat er den Schlüssel nachgemacht«, antworte ich erregt.

»Karen, wer sollte so etwas tun?«

»Der mysteriöse Mensch, der hier angerufen und nach mir gefragt hat.«

»Das kann nicht sein«, meint Grace kopfschüttelnd. »Es ist immer jemand da. Ein Fremder wäre aufgefallen. Und warum sollte das überhaupt jemand tun?«

Grace glaubt mir nicht, und auch Harry, der hinter sie getreten ist, sieht mich seltsam zweifelnd an. Ist das nicht eher ein lauernder Blick? Steckt er womöglich mit jenem Geheimnisvollen unter einer Decke?

»Vielleicht ist es kein Fremder«, antworte ich leise. Noch während ich das sage, bemerke ich das Ungeheuerliche meiner Behauptung. Ich muss wirklich aufpassen, dass ich nicht bald jeden verdächtige.

Nachdenklich schüttelt Grace erneut den Kopf. »Nein, das ergibt keinen Sinn. Warum sollte jemand Tag für Tag zu deinem Haus fahren, dein Haus inspizieren, komische Dinge bei dir anstellen, und dann wieder verschwinden?«

»Vielleicht ein Voyeur, einer der Spaß daran hat, Frauen zu erschrecken. Oder einer, der mich in den Wahnsinn treiben möchte«, ergänze ich leise, obwohl ich weiß, dass das völlig irre klingt.

Schweigend sitzt Grace mir gegenüber, prüfend mustert sie mein Gesicht. Plötzlich streichelt sie meine Wange. Es ist eine zarte, für Grace äußerst ungewohnte Geste. Als wäre sie selbst darüber erschreckt, fasst sie gleich danach burschikos nach meiner rechten Hand. Warm und geborgen liegt diese nun zwischen ihren Händen während ihre Augen mein Gesicht abtasten.

»Karen, du wirkst erschöpft und unausgeschlafen, hast du vielleicht zu viel gearbeitet in letzter Zeit?«

»Das auch«, antworte ich resigniert, »aber das Schlimmste ist wirklich ...«, setze ich neu an.

»Es muss schrecklich für dich gewesen sein, ich sehe es. Und regelmäßig gegessen hast du wohl auch nicht. Jetzt soll Harry erst einmal einen ordentlichen Teller für dich herrichten. Essen beruhigt die Nerven, und danach erzählst du mir alles noch einmal der Reihe nach.« Kurz klopft sie mir aufmunternd auf die Schulter, bevor sie in die Küche verschwindet, um ihre Anweisungen zu erteilen.

Gute, praktische Grace.

Ich überlege mir kurz, Dan anzurufen, doch dann lasse ich es sein. Was sollte ich ihm auch sagen?

»Ich habe Angst, ich fühle mich bedroht.« Er würde kommen und versuchen, mich davon zu überzeugen, dass ich nach Boston zurückkehre. Dort wäre dann alles so, wie ich es vor wenigen Monaten verlassen habe. Nein, das wäre die ungünstigste Lösung.

Ich gehe in die Gaststube hinüber und setze mich an unseren Tisch neben der Theke. Von diesem etwas abgeschirmten Platz aus beobachte ich die anderen Gäste. Wie meistens sind es auch heute vorwiegend Männer von Dreißig bis Ende Vierzig. Arbeiter von der nahe gelegenen Papierfabrik oder von der Schiffswerft, die nach der Arbeit ihr Bier trinken oder einen dicken Hamburger essen. Sie nehmen keine Notiz von mir, zu sehr sind sie in die eigenen Gespräche vertieft.

Grace stellt eine Tasse mit heißem Tee vor mich hin.

»Das Essen kommt gleich«, sagt sie und setzt sich.

»Ich weiß gar nicht, ob ich Hunger habe«, versuche ich einzuwenden.

»Der Appetit kommt beim Essen«, wischt sie meinen Einwand fort, dann wechselt sie das Thema.

»Tut gut, mal wieder unter Leuten zu sein, hmm?«

Ich muss ihr Recht geben. Tatsächlich genieße ich das Stimmengemurmel und irgendwie sogar den Tabakqualm, der mir heute Geborgenheit vermittelt.

Als Harry kurz darauf einen appetitlich angerichteten Teller mit einem saftigen Steak, Bratkartoffeln und Gemüse vor mich hinstellt, esse ich ihn tatsächlich mit zunehmendem Genuss, den ganzen Teller leer. Sogar das Bier, das mir Grace dazu stellt, schmeckt mir, obwohl ich sonst nie Bier trinke.

Gut gesättigt breitet sich eine wohlige Müdigkeit in mir aus. Nun kann ich auch etwas ruhiger von den Ereignissen berichten. Glaubwürdiger wird die Geschichte dadurch allerdings nicht, das weiß ich. Grace sagt das zwar nicht, doch angestrengt sucht sie nach einem realistischen Grund für die Vorkommnisse.

»Karen, hast du einen alten Verehrer, einen, den du einmal abgewiesen hast? Ein ehemaliger Kollege vom letzten oder einem früheren Verlag? Jemand, der weiß, dass du jetzt in Maine bist?«

Kurz gehe ich die früheren Kollegen und Freunde durch. Nein, beim besten Willen. Robert?

»Nein, es gibt niemanden, von dem ich mir das vorstellen könnte.«

Harry, der mit Genugtuung den geleerten Teller abgeräumt hat, setzt sich zu uns. Er fühlt sich mitschuldig an meinem Dilemma und hat das Gefühl, sich rechtfertigen zu müssen.

»Ich habe ihm damals nicht genau erklärt, wo Karen wohnt, nur ungefähr die Richtung. Ich habe ihm auch gesagt, dass es für einen Ortsunkundigen unmöglich zu finden sei. Ich habe ihm geraten, sich hier mit ihr zu treffen.«

»Das wollte er offensichtlich nicht«, stelle ich fest. »Er hatte wohl seine Gründe.«

»Vielleicht hätte ich ihm gar keine Antwort geben dürfen. Vielleicht hätte ich ihm gar nicht sagen dürfen, dass Karen regelmäßig bei uns ist. Vielleicht hätte ich so tun müssen, als würde ich sie über-haupt nicht kennen«, fährt er in seinen Selbstbeschuldigungen fort.

»Ist schon gut«, klopft ihm Grace beschwichtigend auf die Schulter. »Du konntest da nichts Schlimmes vermuten. Und genau genommen wissen wir gar nicht, ob es diese Person ist, die jetzt um das Haus von Karen schleicht. Die Geschichte bleibt mysteriös, wie wir sie auch drehen und wenden, es fehlt einfach jedes halbwegs einleuchtende Motiv. Karen, du solltest ein paar Tage hierbleiben«, schlägt Grace vor. Sie merkt, wie müde ich geworden bin. »Du bist auf jeden Fall zu viel allein. Denk darüber nach.«

»Das ist es nicht, mit dem Alleinsein komme ich gut zurecht«, widerspreche ich ihr. »Aber ...« Ich verzichte auf weitere fruchtlose Erklärungen von etwas, das sich offensichtlich nicht erklären lässt.

»Ich kann Leo nicht länger allein lassen. Aber heute bin ich froh, wenn ich bleiben kann.«

Kurz danach liege ich in einem der winzigen Gästezimmer. Als ich das Licht gelöscht habe, erwachen wieder die verworrenen Bilder der letzten Nacht. War er im Haus? Hat er mich berührt? Ich taste an meinem Körper entlang. Er verrät nichts. Der Wein! Im Wein muss etwas gewesen sein, etwas, das mir all die Bilder, Stimmen und Klänge vorgegaukelt hat. Ich hätte den Wein niemals trinken dürfen. Ich muss die Flasche aufheben, die gestern auf dem Tisch gestanden hat, und sie überprüfen lassen. Vielleicht lässt sich an ihrem Inhalt etwas feststellen. Dann hätte ich zumindest einen Beweis. Warum habe ich sie nicht mitgenommen?

In der Kneipe ist es still geworden. Ab und zu huscht der Lichtschimmer eines vorbeifahrenden Wagens durch den Raum. Wie anders die Geräusche sind. Ich genieße das Gefühl, nicht allein im Haus zu sein, sondern unter einem Dach mit mehreren Menschen. Welch eine verlockende Vorstellung ist es, hier zu bleiben oder vielleicht sogar weiterzufahren zu meinen Eltern nach Michigan. Es wäre ganz einfach. Ich könnte am nächsten Tag Leo abholen und das, was ich unbedingt brauche, vielleicht sogar zusammen mit Grace. Alles andere irgendwann später.

Aber ich höre schon die triumphierenden Stimmen: »Wir wussten, dass das nicht gut gehen kann. Wir haben dich gewarnt. Wir konnten nie verstehen, warum du deine Beziehung, das wunderbare Haus und dein schönes sicheres Leben aufgeben wolltest. Karen, geh nach Boston zurück oder nach Michigan.«

# 20

Alle wussten besser, was gut für mich ist. Dabei würde mir wohl kaum jemand glauben, was in den letzten Wochen geschehen ist. Sie würden es für Hirngespinste halten. Selbst Grace hat mir nicht geglaubt. Und eines Tages würde ich vielleicht sogar selbst daran zweifeln. Ich sehe mich alt werden im Hause meiner Eltern und nie mehr etwas Neues wagen.

Nein, ich werde nicht davonlaufen. Ich werde bleiben, die Geschehnisse aufklären und mein Buch beenden. Natürlich muss ich mich schützen, und ich habe auch schon eine Idee. Nachdem ich diese Entscheidung getroffen habe, fühle ich mich gut. In mir wird alles ruhig. Wohlig schmiege ich mich in die Kissen und falle kurz darauf in einen tiefen Schlaf.

Ungewöhnliche Geräusche wecken mich. Nur kurz bin ich darüber verwundert, wo ich bin. Stimmen und Kaffeeduft dringen in mein Zimmer. Ich stehe auf und schaue hinaus in den strahlend blauen Himmel. Auf der Straße ist bereits viel los. Es ist allerdings auch schon zehn Uhr, wie ich überrascht feststelle. Nach einer kurzen Dusche und wenigen Bürstenstrichen durch mein Haar gehe ich hinunter.

Grace begrüßt mich erfreut.

»Karen! Du siehst heute wesentlich besser aus.«

»Ja, ich habe wunderbar geschlafen«, bestätige ich.

Der Frühstückstisch ist bereits gedeckt. Milch, Corn-Flakes und Orangensaft warten auf mich. Aus der Küche folgen Bratkartoffeln mit Spiegelei, und Grace schenkt mir Kaffee ein. Fast augenblicklich ist der Appetit da. Ein solches Frühstück habe ich seit ewigen Zeiten nicht mehr gehabt.

»Was macht eigentlich dein Buch, bist du gut vorangekommen?« »Ja, es ist bald fertig«, antworte ich zerstreut. Eine ganz andere Frage beschäftigt mich viel mehr.

»Grace, hast du eine Pistole?«

Grace bemerkt meinen entschiedenen Ton und blickt erschreckt auf.

»Was um alles in der Welt hast du vor?«

»Beruhige dich. Es ist nur für alle Fälle, ich rechne nicht damit, dass ich sie wirklich brauche.«

»Tja, irgendwo müsste eine sein. Ich selbst habe sie allerdings nie benutzt. Ich weiß nicht einmal, ob sie noch funktioniert.«

Kurz danach halte ich ein kleines, zierliches Metallding in der Hand.

»Weißt du, wie man damit umgeht?« fragt Grace.

»Nein, keine Ahnung, ich hoffte, du … «

Grace seufzt und ruft nach Harry. Der reagierte ebenfalls überrascht.

»Willst du jetzt Wölfe jagen?« Mit kindlichem Vergnügen wendet er sich dem Gerät zu, mit dem ein Mensch getötet werden kann, und erklärt es mir mit Hingabe. Grace beobachtet uns skeptisch. Plötzlich steht sie auf und kommt nur wenig, später mit einem Mobiltelefon zurück.

»Nimm lieber das für einen Notfall mit, bevor du dich womöglich noch selbst erschießt. Es ist auf jeden Fall wesentlich einfacher zu bedienen.«

Dankend stecke ich beides in die Tasche und mache mich zur Abfahrt bereit. Draußen ist es trocken und eisig kalt.

»Pass gut auf dich auf«, ruft Grace mir nach. »Und wenn was ist, ruf an oder komm einfach vorbei!« Sie winkt mir nach, bis ich nach einer Kurve aus ihrem Blickfeld verschwunden bin. Im Supermarkt kaufe ich einige Lebensmittel und anschließend fahre ich zu dem kleinen Eisenwarengeschäft in der Pleasant Street. Ich brauche unbedingt Sicherheitsschlösser.

Auch die Heimfahrt fordert mir alle Aufmerksamkeit ab. Es hat zwar während der Nacht nicht geschneit, aber alles ist hart gefroren. Immer wieder rutsche ich auf spiegelglatten Flächen, doch das Gefühl, nicht mehr hilflos ausgeliefert zu sein, macht mich mutig. Ich werde ihm auflauern, ihm eine Falle stellen. Ich werde ihn überrumpeln. Ich werde ihn mit seinen eigenen Waffen schlagen. Je länger die Fahrt dauert, desto mehr rede ich mich in Kampfstimmung. Aber vielleicht kommt er gar nicht mehr, jetzt, wo ich ihn entdeckt habe. Er muss ein Feigling sein, sonst wäre er nicht davongelaufen.

Als ich beim Haus ankomme, ist es fast wie beim ersten Mal. Die Sonne scheint, der Himmel ist tiefblau. Eine Postkartenlandschaft, in Frost erstarrt. Das Haus liegt still und unberührt, es wirkt verlas¬sen und fremd. Dabei war ich keine zwanzig Stunden fort.

Voller Unbehagen gehe ich zur Tür, meine Handtasche fest an mich gedrückt. Gott sei Dank, die Tür ist wenigstens abgesperrt. Entschlossen schließe ich auf.

»Leo!« Von meinem Kater, der mich normalerweise gleich hinter der Tür begrüßt, ist nichts zu sehen. Wo ist er nur? Etwas schnürt mir plötzlich die Kehle zu. Ich gehe in Richtung Küche und stelle mich auf irgendeine Überraschung ein. Der Raum ist ordentlich aufgeräumt, Weinflasche und Blütenblätter sind entfernt. Also muss er im Haus gewesen sein! Die Futterschüssel ist leergefressen. Wo ist Leo? Ob er ihn wieder hinausgelassen hat? Nein, das ist kaum vorstellbar, dann wäre Leo mir draußen entgegengekommen, mein Auto kennt er ganz genau. »Leo!« rufe ich trotzdem zum Fenster hinaus. Im Gebüsch hinter dem Haus rührt sich nichts. Im Wohnzimmer ist ebenfalls nichts Auffälliges zu sehen. Inzwischen schrillen sämtliche Alarmsignale in mir. Meine Angst steigert sich ins Unermessliche.

Was hat er sich diesmal für mich ausgedacht? Automatisch taste ich nach der Pistole in der Tasche. Fieberhaft versuche ich, mich an die Erklärungen von Harry zu erinnern. Ich umklammere das Ding mit meiner zitternden rechten Hand. Die Tasche halte ich krampfhaft unter den linken Arm geklemmt, um sie bei mir zu haben für den Fall, dass ich flüchten muss. Langsam gehe ich die Treppe zu meinem Schlafzimmer hinauf. Als ich das Zimmer betrete, durchtrennt ein unglaublicher Schrei die Stille. Ich brauche eine Ewigkeit, bis mir klar wird, dass ich es bin, die da schreit. Neben meinem Bett liegt Leo in einer großen Blutlache.

»Leo, Leo, Leo!« Schluchzend sinke ich zu Boden, drücke mein Gesicht in sein Fell. Er ist noch warm, doch sein Herz schlägt nicht mehr. Leo, er hat meine Nähe gesucht, meinen Geruch oder auch meine Hilfe. Und ich war nicht da. Oh, mein wunderbarer, zärtlicher Freund, wie treu war er in den letzten Monaten.

Ich erinnere mich an das kleine, quirlige Knäuel, das mir Dan eines Abends mit-brachte, und das es als einziges geschafft hatte, mich aufzumuntern. Und ich habe ihn im Stich gelassen. Tränen strömen mir über das Gesicht. Meine Hände streicheln zitternd das leblose Tier. Seine Freude, wenn ich morgens aufwachte oder wenn ich nach einem meiner Spaziergänge wieder das Haus betrat – als hätte er mich wochenlang nicht gesehen. Seine Fröhlichkeit, wenn er von seinen Streifzügen zurückkam. Nie mehr, nie mehr! Seine Ängstlichkeit vorgestern, als er mir entgegenlief und darauf vertraute, dass ich ihn beschützen würde. Und dann habe ich ihn allein gelassen und einem Monster ausgeliefert. Ich streichele zart mit meinem Zeigefinger über Leos Näschen, dessen samtenes Fell ich so liebte. Seine Ohren, die nicht mehr zucken, während sie früher selbst in tiefstem Schlaf reagierten, auch auf das leiseste Geräusch. Sein wunderschön gezeichneter Kopf mit den nun starren, halbgeöffneten Augen liegt in meiner Hand. Nie mehr wird er freudig auf mich zukommen oder betteln, weil er Futter will. Wie soll ich nur ohne dich weiterleben?

Ein Geräusch lässt mich hochschrecken. Jemand ist an der Haustür und öffnet sie. Ich erstarre. Mein Schluchzen verstummt. Ich höre Schritte. Automatisch nehme ich die Pistole in die Hand und stehe auf. Er geht zur Treppe, kommt herauf. Die Pistole in meiner Hand zittert. Ich halte sie mit beiden Händen. In meinem Kopf hämmert es, der Puls rast. Er kommt wirklich! Ich gehe in Richtung Treppe. Meine Finger umklammern die Pistole. Ich suche, taste mit dem Zeigefinger, finde den Abzugshahn. Das ist kein Krimi, das ist echt! Die dunkle Gestalt kommt näher, Schritt für Schritt. Stufe um Stufe. »Halt!« versuche ich zu schreien. Meine Stimme ist nur ein Krächzen. Unerschütterlich kommt die massige Gestalt näher. Ich habe keinen Fluchtweg! Er ist fast oben. Jetzt sehe ich ihn. Ein Schuss knallt ...

»Neiiiiiiiiiiin!« Die Erde hört auf, sich zu drehen.

Dann ein Poltern. Ich bin es nicht, ich stehe noch, ich lebe. Er liegt unten am Ende der Treppe, stöhnt, greift mit der Hand in die Luft. Ein letzter Atemzug lässt den schweren Körper erbeben, dann ist alles ruhig. Seine Mütze ist ihm heruntergefallen. Von oben starre ich in ein graues, mit Bartstoppeln übersätes Gesicht, in blaue, vor Schreck aufgerissene Augen.

Das kann doch nicht wahr sein! Ich sacke zusammen. Nach einer Weile krieche ich zu meiner Tasche mit dem Telefon.

»Grace, ich habe gerade Dan erschossen.«

»Waaas?« gellt ihre Stimme an mein Ohr. Kurze Stille. »Bleib, wo du bist, ich komme!«

# 21

Eine noch nie gespürte Müdigkeit überfällt mich. Ich möchte mich ins Bett legen, an nichts mehr denken, nur schlafen. Doch wie gelähmt bleibe ich neben Leo sitzen. Meine Hand streichelt unablässig über sein Fell, so als wollte ich ihn trösten. Tatsächlich aber tröste ich mich selbst. Im Haus ist es vollkommen ruhig, ein seltsames Gefühl der Fremdheit breitet sich in mir aus. Die Zeit steht still.

Irgendwann höre ich Motorengeräusche, Männerstimmen. Autotüren schlagen zu. Sie kommen. Schritte poltern ins Haus. Jetzt sind sie bei ihm. Jemand kommt die Treppe herauf gestürmt. Ich erwarte Handschellen. Doch es ist Grace, die sich zu mir herunterbeugt.

Eine weitere Person betritt den Raum. »Sind Sie verletzt?«

»Ich? Wieso? Nein.« Grace hilft mir aufzustehen und führt mich zum Bett.

»Grace, ich wollte das nicht«, wimmere ich.

»Ich weiß, Karen, ich weiß. Du hast richtig gehandelt, es wird alles wieder gut«, redet sie auf mich ein wie auf ein kleines Kind.

Auf einmal sind mehrere Leute im Raum. Fragen prasseln auf mich hernieder.

»Kennen Sie den Mann? Hatten Sie Streit? Hat er Sie bedroht?« »Sehen Sie denn nicht, dass sie unter Schock steht«, fährt Grace dazwischen.

Irgendjemand fühlt meinen Puls. Ich bekomme eine Injektion. »Gleich werden Sie ruhiger«, sagt eine besänftigende Männerstimme.

Jemand hängt mir eine Jacke über die Schultern. »Können Sie gehen?« Widerstandslos lasse ich mich Richtung Treppe führen. Kurz davor stoppe ich abrupt.

»Nein, hab keine Angst«, flüstert Grace, »sie haben ihn schon weggebracht.«

Jetzt komme ich ins Gefängnis, wie Sarah, denke ich.

Eine Welle war über mich geschwappt, riss mich mit, nahm mir den Atem. Ich glaubte, an einem Felsen zu zerschellen, doch der Aufprall blieb aus. Ich segelte durch leeren Raum, haltlos, unendlich, fand mich irgendwann in Michigan wieder, im Haus meiner Eltern. Ein Boomerang, um die Welt geflogen, war an seinen Ausgangspunkt zurückgekehrt. Tod oder Geburt? Ich glaubte, es wäre mein Ende, doch ich habe überlebt. Die Polizei wollte nicht viel von mir wissen. Sie stellten nur wenige Fragen, und ich konnte gehen. Tagelang war ich betäubt, dann folgte eine barmherzige Leere im Gehirn.

Ja, es ist diese besondere Kälte, an die ich mich erinnere, wenn ich an diese Zeit denke. Der Frost jener Tage umfing mich selbst in beheizten Räumen. Ich versteckte mich, hatte Angst vor Blicken, befürchtete Getuschel. Ich war frei und doch gefangen. Ich las keine Zeitung, schaute kein Fernsehen und hörte kein Radio. Ich wollte nicht wissen, was draußen geschah. Früher waren die schrecklichen Dinge anderen Menschen passiert, nun jedoch mir.

Der Brief platzte wie eine Bombe in meine abgeschirmte Welt. Dabei klang das Schreiben sachlich und neutral. »Zur Klärung einiger abschließender Fragen bitten wir Sie, sich am achten Dezember um dreizehn Uhr auf der Polizeidienststelle in Boston, Raum 227, bei Inspektor Harper zu melden.«

Warum brauchten sie mich? Was fehlte ihnen denn, um den Fall abzuschließen? Wortfetzen fielen mir ein, die Erwähnung eines Briefes. Längst vergessene Bemerkungen kamen mir wieder in den Sinn und veränderten von Stunde zu Stunde ihre Bedeutung.

Rita holte mich am Flughafen ab. Ich erkannte sie sofort in der Menge der Wartenden, obwohl sie verändert aussah. Sie trug einen bordeauxroten Mantel, den ich noch nicht kannte. Ihre Haare waren kürzer, sie wirkte älter. Elegant und seltsam fremd. Auch ihr Parfüm war neu, stellte ich bei unserer knappen Umarmung fest.

Wir redeten nicht viel, während sie den Wagen durch den Mittagsverkehr steuerte. Über der Stadt hing ein dunkelgrauer Himmel. An den Straßenrändern lagen schmutzige Schneereste. Wie Schatten hasteten die Menschen vorbei.

»Ich werde nicht mehr lange in der Stadt bleiben«, unterbrach Rita plötzlich das Schweigen.

»Du? Was hast du vor?«

»Ich habe mich um eine Stelle bei einer Zeitung in Los Angeles beworben. Ich habe genug von diesen trostlosen Wintern. Vorgestern kam die Zusage.«

Also nun auch Rita. Für einen Moment hatte mich ihre Mitteilung aus meinen Gedanken gerissen. Ob Robert mitgeht? schoss es mir durch den Kopf. Aber ich fragte nicht.

Der Inspektor wirkte freundlich. Nachdem er mich aufgefordert hatte, ihm gegenüber Platz zu nehmen, schien er mich allerdings zu vergessen. Er konzentrierte sich auf den Stapel Unterlagen, der vor ihm lag, las und blätterte darin herum. Dann endlich schien er gefunden zu haben, was er suchte.

»Ja«, begann er bedächtig, »ich kann Ihnen bestätigen, dass Ihre Aussagen im Wesentlichen mit dem übereinstimmen, was wir gefunden haben. In der Hand des Toten befand sich eine geladene Waffe. Weitere Faktoren lassen ebenfalls auf eine Tötungsabsicht schließen. Sie haben in Notwehr gehandelt. Wenn Sie nicht geschossen hätten, säßen Sie heute nicht hier.«

Obwohl seine Worte meine Unschuld bestätigten und die Freiheit für mich bedeuteten, trafen sie mich mitten ins Mark. Bis zu dieser Stunde hatte ich fest an das Zusammenwirken unglücklicher Umstände geglaubt. Ich war mir sicher, Dan wollte mich besuchen, weil er sich um mich sorgte, und der Wahnsinnige, der mich über Wochen bedroht hatte, wäre immer noch frei.

Ich stöhnte.

»Die Tatsachen sind eindeutig. Sie lassen keinen anderen Schluss zu.« Der Inspektor war zu einem amtlichen Ton übergegangen. »In der Nähe des Tatortes fanden wir einen Geländewagen, ähnlich dem, wie Sie ihn zuletzt beobachtet hatten. Es stellte sich heraus, dass er von dem Toten angemietet worden war. In dem Wagen fanden wir Karten von Maine, außerdem folgende Gegenstände:« — er las nun von einer Liste ab — »Ein Schlüssel zu einem in der Nähe gelegenen Blockhaus. In diesem muss sich der Tote die letzten Wochen aufgehalten haben. Ein Fotoapparat, zwei leere Weinflaschen, die Reste von Medikamenten enthielten. In der Anoraktasche des Toten befand sich das beigefügte Schmuckstück sowie die Schlüssel zum Wagen.«

Er ließ den Inhalt einer Papiertüte vor mir auf den Tisch gleiten. Es war die Weißgoldkette mit dem in Brillanten gefassten Aquamarinherz. Dans letztes Geschenk. Der Inspektor legte Fotos vor mich hin, Fotos von meinem Haus am Strand. Auf einem war sogar ich zu erkennen, aufgenommen an einem stürmischen Tag, während ich am Ufer entlangwanderte.

»Im Bostoner Wohnhaus des Toten fanden wir im Safe einen Wachsabdruck des Schlüssels zum Strandhaus und Unterlagen darüber, dass er einen Detektiv beauftragt hatte, die Lage Ihres Hauses ausfindig zu machen. Außerdem fanden wir ein wenige Tage zuvor geschriebenes Testament.«

»Ein Testament? Wozu sollte Dan ein Testament machen?« Der Inspektor ignorierte meine Bemerkung.

»Was meinen Sie, wen er in seinem Testament begünstigt haben könnte?«

»Ich habe keine Ahnung.« Angst stieg in mir hoch.

»Was wissen Sie von der Familie Ihres Partners?« donnerte die nächste Frage auf mich herab.

»Nicht viel, seine Eltern sind tot, zu weiteren Familienmitgliedern hatte er keinen Kontakt.«

»Hat er Ihnen das so gesagt?«

»Ja.«

»Sagt Ihnen der Name Susan Fernandez etwas?«

»Nein, wer soll das sein?« Tränen schossen mir in die Augen. Seine Fragen ängstigten mich. Ich konnte nichts damit anfangen. »Das ist die Mutter Ihres Partners.«

Im Raum war es plötzlich ganz still. Dann raschelte Papier. Der Inspektor reichte mir einen Brief. Als ich die Schrift erkannte, verkrampfte sich alles in mir. Die Buchstaben verschwammen vor meinen Augen.

*Liebe Mutter,*

*wieder einmal muss ich Dir Kummer bereiten, doch vielleicht ist es ja auch eine Erleichterung für Dich. Glaube mir, ich möchte es nicht tun, doch eine weitere Trennung kann ich nicht ertragen.*

*Ich werde mit der Frau, die ich liebe, dorthin gehen, von wo es keine Wiederkehr gibt.*

*Vielleicht kann Dich das Haus über alles hinwegtrösten, was ich Dir zugefügt habe und noch einmal antun muss. Es soll Dir gehören. Ich kann mir vorstellen, dass es Dir gefällt. Du hast schöne Dinge immer so geliebt. Das Geld auf dem Konto ist für Großmutter. Ich weiß, ich habe ihr ihre Fürsorge nie ausreichend gedankt. Ich konnte ihr nicht verzeihen, dass sie schlecht über Dich geredet hat. Vermutlich hat sie es gut mit mir gemeint. Ich denke, alles wäre anders gekommen, hätte ich bei Dir gelebt.*

*Karen ist die Frau, mit der ich leben wollte. Wäre sie zu mir zurückgekehrt, müsste alles nicht geschehen. Sie hätte die Wunden der Vergangenheit geheilt. Doch dieses Glück scheint mir nicht vergönnt zu sein. Nun wird uns wenigstens der Tod für immer vereinen.*

*Verzeih mir, Dein Dich liebender Sohn*

*Dan*


Es war Dans Briefpapier, Dans Handschrift und Dans Unterschrift. Dan hatte unser beider Tod präzise geplant. Mir wurde schlecht. Der Inspektor schien es nicht zu merken.

## 22

»Frau Fernandez wusste nicht, wo ihr Sohn lebte.«

»Warum?« fragte ich wie betäubt.

»Ach, das kann Ihnen seine Familie selbst besser erklären.« Ich glaubte, mein Herz bliebe stehen.

Wenige Augenblicke später stand sie vor mir, Neugier und tausend Fragen im Blick. Sie war blond und hatte die gleichen blauen Augen wie er. Mir war, als ob Dan mich anblickte. Mich schauderte. Ich fürchtete Vorwürfe und Anklagen, doch Susans Begrüßung war freundlich.

»Meine Mutter war sehr schön«, hatte Dan einmal gesagt. Und Susan Fernandez war schön und unglaublich jung. Sie hätte auch seine ältere Schwester sein können.

»Karen, es tut mir so leid. Wenn er nur den Brief früher abgeschickt hätte.«

Fühlte sie sich schuldig? Sie war seine Mutter.

»Ihr Sohn war ein so einsamer Mensch, warum hatten Sie keinen Kontakt zu ihm«, war die Frage, die mich am meisten bewegte. Susan zögerte.

»Er wollte es nicht. Eines Tages ist er, ohne etwas zu sagen, aus unserem Leben verschwunden.«

»Aber warum? Er hat seine Familie sehr vermisst.«

Susan blickte mich einen Moment schweigend an, dann traten Tränen in ihre Augen.

»Dan war im Gefängnis, vielleicht darum. Vielleicht hat er sich geschämt. Vielleicht hoffte er, auf diese Weise alles vergessen zu können, neu zu beginnen.«

»Dan war im Gefängnis?« Alles in mir lehnte sich gegen diese Vorstellung auf. Auch Susan rang mit sich, ehe sie weitersprach. »Er hat einmal fast eine Frau getötet.«

Leere in meinem Gehirn. Meine Knie drohten nachzugeben. Susans Hand berührte mich.

»Darum habe ich mir solche Sorgen gemacht, als ich den Brief erhielt.«

Dan, der gute, freundliche Dan! Ich wollte es nicht glauben.

Dann erinnerte ich mich an jene grauenvollen Minuten bei meinem letzten Besuch, als er über mich herfiel und mich beinahe vergewaltigte. Ich erinnerte mich an die Angst, die ich empfand.

»Dan war sehr eifersüchtig«, erklärte mir Susan. »Er wollte eine Frau besitzen. Nein, nicht nur Frauen. Alles was ihm viel bedeutete, wollte er besitzen.«

»Susan, das ist im Moment zu viel. Ich glaube, du solltest nicht versuchen, ihr alles auf einmal zu erklären.« Der Mann, der sich bis jetzt im Hintergrund gehalten hatte, mischte sich ein, liebevoll und zart.

»Das ist mein Mann«, stellte mir Susan Julio Fernandez vor. Er war groß und schlank, sein Haar beinahe blauschwarz. Er sah gut aus. Beide waren elegant gekleidet. Sie waren ein schönes Paar. »Du hast schöne Dinge immer so geliebt«, hatte Dan geschrieben. Auch Dan war stets gut gekleidet, liebte kostbare Dinge, wertvolle Bilder, exklusive Teppiche, feines Porzellan. In diesem Punkt waren sich Mutter und Sohn ähnlich.

»Julio ist Dans Stiefvater. Seinen leiblichen Vater hat er nie kennen gelernt. Wir waren beide sehr jung.«

Fünfzehn war Susan bei Dans Geburt. Selbst noch ein Kind. Darum sah sie so jung aus.

»Ich hatte mir gewünscht, dass er mit einer eigenen Familie glücklich wird«, sagte sie. Sie redete viel. Sie erzählte, versuchte zu erklären, fragte und beschwor. »Es hätte so schön sein können, so gut für alle, wenn ...«

# 23

Sie wollten zum Haus. Mit mir zu seinem Haus. Ich hätte doch auch noch Sachen dort, und ich könnte ihnen so vieles erzählen von den letzten Jahren mit Dan. Und sie mir von den Jahren davor.

»Wir haben seit acht Jahren nichts mehr von ihm gehört.«

Ich war betroffen und beschämt über meine Gedanken, dass sie so schnell wie möglich sein Haus, ihr Erbe in Augenschein nehmen wollten. Dann begriff ich die Anspannung hinter Susans Rede-schwall. Ich hatte ihren Sohn getötet, und trotzdem klammerte sie sich an mich. Ich war die letzte Frau, die mit ihm gelebt hatte, die er umarmt hatte. Ich war alles, war ihr von ihrem Sohn geblieben war. Ich und das Haus.

Sie erzählten mir, dass Dans Großmutter, in einem Mietwagen in der Nähe auf sie wartete. Sie hätte unbedingt mitgewollt, nicht zur Polizei, doch in die Stadt, in das Haus, wo Dan zuletzt gelebt hatte.

»Dan ist bei ihr aufgewachsen, er war ihr Liebling, ihr ganzer Lebensinhalt. Für sie ist es besonders schwer.«

Während wir zum Haus in der Beacon Street fuhren, berichtete ich Rita, die draußen gewartet hatte, was alles in der letzten Stunde geschehen war. Der blaue Mietwagen der Fernandez' fuhr hinter uns her. Die kurze Fahrt reichte nur für eine grobe Schilderung der Ereignisse. Dann standen wir auf dem Parkplatz. Susan war mir inzwischen etwas vertraut, im Gegensatz zu der alten Frau, die schwerfällig aus dem Wagen stieg. Wie unterschiedlich die beiden Frauen waren. Ich hätte sie nicht für Mutter und Tochter gehalten.

»Mutter, das ist Karen. Sie hat mit Dan zusammengelebt.«

Die Alte reichte mir keine Hand, nickte nur kurz. Resignation im Blick. Ihre Haut war faltig, die Augen gerötet. Ich fühlte Ablehnung. Kleine scharfe Pfeile aus schmalen Augenschlitzen trafen mich. Glühende Lava in einem welken Körper. Sie hatte ihn geliebt. Er war jung und schön und gebildet. Sie war alt und einfach. Sie hatte für ihn gelebt.

Dan hatte seine Großmutter nicht geliebt. Dan liebte das, was er nicht bekam. Je weniger er geliebt wurde, desto heftiger liebte er. Bei einer Tante wäre er aufgewachsen, hatte er einmal erzählt, bei einer lieblosen, strengen Tante.

An der Tür klebten noch Reste der Versiegelung. Ich bekam Angst, schreckliche Angst. Meine Hände zitterten, während ich den Schlüssel ins Schloss steckte.

Mein erster Blick fiel auf den Rosenstrauß. Es war der Strauß, den mir Dan bei meinem letzten Besuch geschenkt hatte. Die Blüten waren inzwischen noch dunkler, fast schwarz. Mein Blick verfing sich in ihnen. Sie erinnerten mich an andere Rosen. Sie standen im Strandhaus auf dem Tisch und waren ebenfalls fast schwarz. Schwarz und weich, samtig auf meinen Fingerkuppen. Der Gedanke jagte mir Schauder durch den Körper. Die Blütenblätter hier waren trocken und raschelten wie Papier.

Die anderen hatten leise hinter mir das Haus betreten. Sie waren beeindruckt und sichtlich überrascht.

»Was für ein herrliches Haus«, flüsterte Susan. »Hat Dan es so eingerichtet oder Sie?«

»Das war Dan. Er hat das Haus renovieren lassen und eingerichtet. Das war, bevor wir uns kennenlernten. Bitte sehen Sie sich um.« Ohne mich darum zu kümmern, was die anderen machten, ging ich weiter. Was ich sah, erschütterte mich. In Wohnzimmer und Küche standen Gläser und Flaschen herum, überall lag Staub. Alle Pflanzen waren vertrocknet. Dabei war Dan immer so ordentlich. Ein anderes Gesicht kam mir in den Sinn. Das blasse Gesicht mit den leeren Augen und den ungepflegten Bartstoppeln.

»Wir haben Dan seit Wochen nicht mehr erreicht«, berichtete mir Rita. »Wir glaubten, er wäre zu dir nach Maine gefahren.«

»Das war er ja wohl auch«, bemerkte ich bitter, »nur dass ich davon nichts wusste.«

»Karen, er ließ niemanden mehr an sich heran. Selbst seiner Putzfrau hatte er abgesagt. Auch an seinem Arbeitsplatz war er lange nicht mehr gewesen. Niemand hatte eine Ahnung davon, wie schlimm es um ihn stand.« Rita wirkte zutiefst betroffen.

In allen Räumen standen Gläser und Flaschen. Vom Flur her hörte ich Getuschel. Was mussten sie über Dan denken. Doch dann hörte ich bewundernde Ausrufe.

»Sieh mal dieses Bild und die herrlichen Teppiche!« Susan war begeistert.

»Dan war kein schlechter Junge und so intelligent«, hörte ich seine Großmutter.

»Ja, Mutter, das hat ja auch niemand behauptet. Aber er war halt immer schwierig, seit ich zurückdenken kann. Das musst du zugeben.«

»Du hättest dich mehr um ihn kümmern müssen, Susan, Dan hätte dich gebraucht.«

»Wenn du ihn nicht so verwöhnt hättest, dann hätten wir es alle leichter gehabt mit ihm.«

»Jetzt soll ich an allem schuld sein!« Die alte Stimme klang empört. »Es nützt nichts mehr, wenn ihr euch gegenseitig Vorwürfe macht«, hörte ich die Stimme von Julio Fernandez.

Im Wohnzimmer musste ich plötzlich an Halloween denken, unser letztes Zusammensein. An das Essen, das Dan und Rita vorbereitet hatten, an Roberts Kuss, seine Liebeserklärung, die alles in mir erzittern ließ. An Dans brutalen Überfall, den ich als Vergewaltigung empfand. Hat meine Zurückweisung die verhängnisvolle Entwicklung entzündet?

Ist es damals geschehen? Am nächsten Morgen beim Frühstück wirkte er so sanft, so versöhnlich, auch als wir wenig später vorbei an Hexen und Gespenstern zum Restaurant Margarita bummelten, dorthin, wo alles einmal begann. Vielleicht geschah es erst am Abend dieses Tages. Dan war sehr schweigsam. Entstand der Plan, während ich mit Schlaftabletten im Bett lag und ahnungslos dem nächsten Morgen entgegen schlief, erleichtert darüber, nach Maine zurückfahren zu können? Fertigte er da den Wachsabdruck des Strandhausschlüssels an? Jetzt war ich mir dessen sicher.

»Er hat so viel erreicht, er hätte glücklich sein können«, hörte ich Susans Stimme aus dem Treppenhaus.

»Dan wollte geliebt werden«, antwortete eine alte, zittrige Stimme.

»Mutter, es hat ihm nie gereicht.«

In Dans Arbeitszimmer war ein Bild von der Wand abgehängt. An der Stelle klaffte nun ein geöffneter Safe. Leer. Hier hatte die Polizei also die Unterlagen gefunden, die die gründliche Vorbereitung seines Vorhabens dokumentierten. Hatte er hier seine Pistole aufbewahrt? Wie lange besaß er sie schon?

Die Betten im Schlafzimmer waren beide zerwühlt. Auch in diesem Raum standen Flaschen und Gläser herum. Angeekelt packte ich meine Kleider in Koffer. Rita, die mir gefolgt war, half mir dabei. Wir schwiegen.

Als alles gepackt war, stieg ich ein letztes Mal ins Dachgeschoss. Allein. Mein früheres Arbeitszimmer wirkte unberührt. Niemand schien es seit meinem letzten Abschied betreten zu haben. Noch einmal blickte ich über die Stadt. Sie lag in düsterem Grau und spiegelte genau den Zustand meiner Seele wider.

Als ich das Haus betreten hatte, erinnerte mich alles an den Mann, den ich einst gekannt und geliebt hatte. Als ich das Haus verließ, war er mir fremd.

Rita fuhr mich zum Flughafen. Ein schneller Abschied, wenige Worte nur. Eine flüchtige Umarmung, ein nachdenklicher Blick.

»Mach's gut, Karen.« Sie drehte sich um und eilte davon. Rita, die fröhliche Freundin, oft unsäglich naiv und unbedarft, sie war still geworden. Wir hatten uns beide verändert.

# 24

Es folgte ein Weihnachtsfest voll schmerzlicher Erinnerungen.

Vor einem Jahr hatte ich Weihnachten mit Dan bei meiner Familie verbracht. Stolz hatte ihn mein Vater durch seine Firma geführt. Dan schien das Familienleben zu genießen. Trauer wechselte mit Wut. Wie hatte er mich belogen, von Anfang an.

Kurz danach begegnete mir Dan im Traum. Sturzbäche von Trä¬nen ließen meinen Körper erzittern. Ich schrie ihn an: »Was hast du getan, du wolltest mich töten?«

Dan schwieg, sein Blick war traurig. Er ging, wie er gekommen war.

Doch er kam noch einmal, in einem ganz anderen Traum. Schweigend betrat er mein Zimmer, stellte einen Korb voll bunter Primeln auf meinen Schreibtisch. Er blickte mich flehend an, bevor er ging.

Der Schmerz veränderte sich, er war nicht mehr scharf und brennend, sondern weich und voller Wehmut, hatte bald etwas Zartes, fast Rührendes an sich. Der Kampf war vorbei. Ich fühlte mich müde.

März. Die erste Frühlingssonne brachte den Schnee zum Schmelzen. Um die Mittagszeit dampfte der dunkle Boden und verbreitete einen erdigen Geruch. Der Anblick erinnerte mich an ein Grab, doch es erwachte auch neues Leben darauf. Unkraut, ein zartes neues Grün. Die wesentlichen Dinge treffen sich an einem Punkt. Ja und Nein, Anfang und Ende, Tag und Nacht, Schwarz und Weiß. Das Heute gibt es nur, weil es das Gestern gab. Ich fragte mich oft, ob ich nicht nach Salem hätte gehen sollen? Ich hätte weder Rita noch meinen Arbeitskollegen kennen gelernt, in den ich mich dann unglücklich verliebte. Die plötzliche Trennung von ihm war der Grund für meinen Wechsel zu Globus. Dort traf ich Dan.

Hatte ich eine Wahl? Jeder einzelne Mosaikstein gehörte in mein Leben. Alle zusammen ergaben erst ein vollständiges Bild. Alles fällt an seinen Platz. Wieder einmal war es Großmutter, die mir guttat, und einfache körperliche Arbeit. Gemeinsam werkelten wir in ihrem Garten neben dem Haus. Das Bearbeiten der dunklen Erde, das Säen und Pflanzen hielt mich vom Wühlen in der Erinnerung ab. Bewegung und frische Luft taten meinem Körper und meiner Seele gut. Mitten in diesem Heilungsprozess holte mich die Vergangenheit ein. Es war Sarah, die mir im Traum begegnete. Sie saß in ihrer Zelle, und ihre blauen Augen blickten mich vorwurfsvoll an. »Hast du mich vergessen?« fragte sie. »Glaubst du, du kannst neu beginnen, bevor du unsere Geschichte beendet hast?«

Der Traum ließ mich nicht mehr los. Tagelang dachte ich an ihn. Ich wusste, Sarah hatte Recht. Ich hingegen hatte Angst, mich mit der Geschichte zu befassen. Ich fürchtete die Erinnerungen, die mit ihr verbunden waren. Musste ich da wirklich noch einmal durch?

»Ich denke daran, mein Buch fertigzuschreiben.« Eines Tages sprach ich es laut aus, während ich mit Großmutter die ersten zarten Blätter der Pflanzen betrachtete, die wir kurz zuvor gesät hatten.

»Eine großartige Idee«, erwiderte Großmutter überrascht und erfreut. Erst in diesem Moment wusste ich, ich würde es wirklich tun. Wenige Stunden darauf wagte ich mich an die Kartons, die seit Monaten unberührt in der Ecke meines Zimmers standen. Ich öffnete sie, holte Computer und Drucker heraus, baute alles auf dem Schreibtisch auf. Ich schaltete den Computer ein und suchte aufgeregt nach der Datei. Der Text, hoffentlich finde ich den gesicherten Text. Ich wusste noch, dass ich die Diskette zuletzt im Kleiderschrank versteckt hatte. Eine weitere müsste in einer Diskettenbox sein. Oh Gott, wo waren sie nur hingekommen? Ich wühlte zwischen Pullis und Haushaltsutensilien, musste schließlich alles auspacken. Tausend Erinnerungen flatterten gleich schwarzen Raben auf, setzten sich auf Tisch und Bett, füllten bald das ganze Zimmer. Mitten im Chaos entdeckte ich das kleine schwarze Plastikquadrat in einer Anoraktasche. Ich schob die Diskette in das Laufwerk. Wie ein Wunder hatte sie alle Turbulenzen unversehrt überstanden. Nach wenigen Augenblicken war das Manuskript wieder auf der Festplatte und Sekunden später auf dem Bildschirm. Ungeduldig druckte ich alles aus und begann zu lesen. Je länger ich las, desto mehr verlor ich die Angst. Ich sah blauen Himmel, Sarah und Tom als unbeschwert herumtollendes Liebespaar, Möwen, die durch die Luft schossen, ich hörte Meeresrauschen, Möwengeschrei und Stim¬men. Ich erinnerte mich an die Stürme im Herbst, die nasse Kälte des Meerwinters und an das knisternde Feuer im Strandhaus. Doch vor allem merkte ich, dass mich die Geschichte fesselte, manche Stellen machten mich traurig, aber sie ängstigten mich nicht mehr. Wieder und wieder las ich die letzten Zeilen, dann sah ich, wie Sarah das Gefängnis verließ. In Zeitlupe trat sie aus dem Dunkel in gleißendes Licht. Sie war geblendet. Sarah lächelte mir zu. Das Ende meines Romans entfaltete sich vor mir. Ich brauchte es nur noch aufzuschreiben.

Sarah ist ruhiger geworden. Verzweiflung und Wutattacken sind seltener geworden und irgendwann ganz ausgeblieben. Sie hat gelernt, auf eine andere Art zu kämpfen. Sie geht sparsamer mit ihren Kräften um. Beinahe gelassen erwartet sie den nächsten Prozesstag. Nur kurz verkrampfen sich ihre Eingeweide auf der Fahrt zum Gerichtssaal. Dann betritt sie aufrecht und ruhig den Raum. Sie spürt sofort, diesmal ist alles anders. Es herrscht eine völlig andere Atmosphäre. Viele westliche Prozessbeobachter bevölkern den Gerichtssaal. Eine Vertretung des amerikanischen Konsulats ist anwesend. Für Sensationslüsterne bleibt kaum Platz. Als der Prozess beginnt, spürt sie die Blicke der Menschen offen und voller Teilnahme auf sich gerichtet. Und nun versteht sie auch Hamid. Nein, einfühlsam und weich zeigt er sich auch an diesem Tag nicht, doch sie weiß jetzt, er kämpft für sie. Zäh, emotionslos, kühl, sachlich. Er weiß genau, was er tut. Die Zollbeamten wirken verunsichert, sie sind sich nicht mehr einig und verwickeln sich in Widersprüche. Schonungslos zieht Hamid die Schlinge zu. Die Anwesenheit der ausländischen Presse lässt die Prozessbeteiligten vorsichtiger werden. Alle sind bemüht, sich korrekt zu verhalten. Eine Maschinerie hat sich in Bewegung gesetzt, spät, aber wirksam. Die Medien sind mobilisiert. Die westlichen Zeitungen und jede Nachrichtensendung berichten über Sarahs Fall. Der Tourismus scheint gefährdet, besonders, als bekannt wird, dass Sarah niemals zuvor etwas mit Drogen zu tun hatte.

Zeugen sind für diesen Tag geladen worden. Endlich kommt Mitchell ins Spiel. Passagiere jenes verhängnisvollen Fluges sagen aus. Sie berichten von Beobachtungen in Bezug auf Mitchell. Bestätigen sein verdächtiges Verhalten. Der Mann, der sie vom Liebesschmerz heilen sollte, hat sie in eine viel tiefere Katastrophe gestürzt. Die anderen hatten ihn längst durchschaut.

Seufzen, Erleichterung, ein Raunen brandet auf, es klingt wie Applaus. Blitzlichter flackern auf. Sarah weiß, sie hatte gesiegt.


Ich war schnell wieder in der Geschichte, und das Schreiben machte mir Spaß. Es war nicht alles umsonst. Ich würde das Buch zu Ende schreiben, und es würde alles gut werden. Dieses Wissen erfüllte mich mit großer Zufriedenheit.

Draußen pulsierte der Frühling. Die Bäume standen in schönster Blütenpracht, Vögel zwitscherten. Ich dachte an die beiden Träume. Aus Kälte wurde Wärme. Aus Schnee wurden Blütenblätter. Aus dem Sturm wurde ein Frühlingslied. Gitterstäbe lösten sich auf, und am frühlingsblauen Himmel zogen Möwen jubelnd ihre Bahnen. Werden Träume manchmal doch Wirklichkeit?

## 25

Der Sommer kam und in den Beeten wucherte es üppig. Großmutter und ich versuchten, des eifrig sprießenden Unkrauts Herr
zu werden. Die Sonne brannte heiß auf unsere Köpfe. Schweiß
floss in Strömen.

»Ich glaube, wir sollten eine Pause einlegen«, schlug Großmutter vor und verschwand ins Haus, um Kaffee zu kochen. Ich rich-
tete mich auf, entlastete so meinen schmerzenden Rücken, und
wischte mir über die Stirn. Haare hatten sich aus der Spange gelöst. In diesem Moment sah ich ihn. Er kam direkt auf mich zu.
Zuerst erkannte ich ihn nicht, die Sonne blendete zu sehr. Sein
Gesicht wirkte im Gegenlicht beinahe schwarz. Aber diese Bewegungen, gelassen und kraftvoll! Das kann doch nicht sein! Meine
Knie begannen zu zittern. Meine Hände umkrampften die Hacke.
Er war so schön. Oh dieses hinreißende Lächeln, diese schwarz-
braunen Augen.

»Robert! Was machst du denn hier?«

Er antwortete nicht, stattdessen umfingen mich seine Arme.
Ich fühlte seine Wärme an meinem Gesicht. Dieser Duft! Ich
lehnte mich an ihn mit geschlossenen Augen.

»Ich liebe dich. Ich liebe dich so. Ich hatte solche Sehnsucht
nach dir.« Seine Stimme klang warm und unendlich zärtlich. Sie
traf mich direkt ins Herz. Ein Taumel erfasste mich. Eine Welle
des Glücks hob mich von der Erde ab. Für eine winzige, wunderbare Ewigkeit glaubte ich zu schweben. Wie gut war es, sein heftig
pochendes Herz zu spüren.

»Du bist so schön.«

Das hätte er besser nicht gesagt.

»Mein Gott, wie sehe ich aus?« Ich war verschwitzt, trug meine
ältesten Shorts, bestimmt hatte ich Erde im Gesicht. Es war wie
damals, als ich ihn das erste Mal sah. In Sekundenschnelle hatte
ich mich in eine graue Maus verwandelt. Die Erinnerung ernüch-
terte mich. Ich löste mich von ihm. »Robert ... wo ist Rita?«

»Vermutlich in Los Angeles.«

»Aber ...«

»Es ist vorbei.«

»Warum ?«

»Das weißt du doch.«

»Nein.«

»Nein? Es war gleich danach.«

»Wann danach?«

»Nachdem ich dich geküsst hatte.«

Oh Gott, war Rita deswegen so verändert?

»Weiß sie es?«

»Es hat schon lange nicht mehr gestimmt. Ob sie wusste, dass ich dich liebe? Ich weiß es nicht, geahnt vielleicht. Ja, vermutlich hat sie es geahnt.«

»Das wollte ich nicht.«

»Niemand ist schuld, Karen. Lieben ist kein Vergehen.«

»Nein, es geht nicht Robert, es geht nicht!« Ich schob ihn ein Stück von mir weg. Robert redete auf mich ein. Während er mich beschwor, fühlte ich eine gläserne Wand zwischen uns. Er schien sie auch zu spüren. Trotz der Sonne hatte sich alles verfinstert. Robert versuchte mir etwas zu erklären.

»Ich liebe dich. Verstehst du mich nicht.«

Ich trat einen Schritt zurück.

»Es geht nicht Robert. Es ist zu viel geschehen.« Hilflos zuckte ich mit den Schultern.

»Karen, du kannst wieder glücklich werden, wenn du es nur willst.« Nochmals versuchte er, mich in den Arm zu nehmen. Erneut wich ich aus. Er griff ins Leere. Enttäuscht ließ er seine Arme sinken. Dann holte er einen Notizblock aus seiner Brusttasche, kritzelte etwas drauf, riss den Zettel ab und drückte ihn mir in die Hand.

»Vielleicht denkst du eines Tages anders darüber.«

Er drehte sich um und ging.

Mir war nach Heulen zumute. Ich möchte, dass es aufhört, dachte ich. Ich möchte alles vergessen. Ich möchte im Garten arbeiten, mein Buch schreiben und nicht mehr daran denken, nicht mehr daran erinnert werden.«

»Ist dein Besuch schon gegangen?« fragte Großmutter, die wieder in den Garten gekommen war. Ich hatte sie nicht bemerkt. »Hast du ihn gesehen?«

»Natürlich, ich habe ihn doch in den Garten geschickt.« Sie trug ein Tablett mit Kaffee und Geschirr und betrachtete mich besorgt. »Komm, setzen wir uns, da lässt es sich besser reden.«

Ich nahm ihr das Tablett ab und trug es zum Pavillon.

»Hatte er schlimme Nachrichten für dich?« fragte sie, als der Kaffee eingeschenkt war.

»Er hat gesagt, dass er mich liebt.«

»Und?«

»Großmutter, er war bis vor kurzem mit meiner besten Freundin zusammen.«

»Aber jetzt sind sie getrennt?«

»Ja.«

Sie blickte mich fragend an. »Liebst du ihn?«

»Vielleicht, ich weiß nicht, ich habe es schon geglaubt.«

»Wo ist das Problem?«

»Ich glaube, er ist ein Abenteurer.«

»Ja, meinst du? Er wirkt äußerst sympathisch und sieht sehr gut aus.« Sie betrachtete mich verschmitzt von der Seite.

»Ja, er ist attraktiv und charmant. Und ich denke, das weiß er auch.«

»Du glaubst, er spielt mit Frauen?«

»Auf jeden Fall ist er beruflich viel unterwegs und hat sicher viele Möglichkeiten.«

»Ach Karen, auf Glück und Treue gibt dir niemand eine Garantie. Das weißt du sehr wohl. Aber lass ihm und dem Glück wenigstens eine Chance.«

»Hättest du mit einem Mann wie ihm eine Beziehung gewagt?«

»Kind, wir konnten früher keine Beziehungen haben. Wir heirateten unsere Männer und haben sie dann erst kennen gelernt.«

»Aber du warst doch glücklich in deinen Ehen?«

»Die erste, ich weiß nicht, vielleicht wäre sie es geworden. Wir hatten nicht genug Zeit, um das herauszufinden. Aber natürlich glaubte ich, als mein erster Mann starb, mein Leben sei vorbei. In Wirklichkeit wusste ich vom Leben damals nicht viel.«

»Und dann kam Opa Paul?«

»Ja, dann kam Paul, und weißt du was, er war einmal der größte Filou der Stadt.«

»Opa Paul ein Filou?« Ich wollte nicht glauben, was ich hörte. Großmutter schmunzelte vergnügt.

»Jeder hat mich vor ihm gewarnt. Ich habe es trotzdem gewagt — und es keinen Moment bereut. Ich bin froh, dass ich auf mein Herz gehört habe.«

»Hattest du denn keine Angst?« fragte ich entsetzt, unfähig, mir meinen lieben Opa Paul als Schürzenjäger und Herzensbrecher vorzustellen.

»Aber natürlich, Kind, und wie, aber was war die Alternative? Ein trostloses Witwendasein oder ein noch trostloseres Eheleben mit einer der langweiligen Pfeifen, die mich sonst noch gewollt hätten. Ich habe Paul und uns eine Chance gegeben.«

»War das sehr schwierig, am Anfang, meine ich? War dir Opa Paul treu?«

»Ja, er war mir treu. Natürlich gab es wie in jeder Ehe einige Stürme und Gewitter. Aber kein einziger Tag war langweilig mit ihm, bis heute nicht.« Während sie das sagte, strahlten ihre Augen wie die eines jungen Mädchens. »Ehrlich gesagt, Turbulenzen und ein bisschen Abenteuer gehören zum Leben dazu. Sie sind das Salz in der Suppe. Die einen brauchen etwas weniger, die anderen etwas mehr davon. Es sind die kraftvollen, aktiven Menschen, die die Welt bewegen. In unserer Familie gab es übrigens mehrere davon. Hätte es sie nicht gegeben, dann wären wir nicht hier. Vielleicht gäbe es uns gar nicht. Erinnerst du dich an die verrückten Geschichten über Onkel Norman, der auf abenteuerlichste Weise die Welt bereiste, zu einer Zeit, als das keineswegs selbstverständlich war?«

»Ist das der Mann in dem Safarianzug mit dem erlegten Tiger zu seinen Füßen?«

»Ja, woher kennst du das Bild?«

»Es war in einem Karton voller Fotos auf deinem Dachboden.« Großmutters Augen leuchten auf.

»Tatsächlich, die hatte ich ganz vergessen.« Wieselflink verschwand sie und kam kurze Zeit später mit dem Karton zurück. Wir saßen bis in die Dämmerung über einem Berg vergilbter Aufnahmen. Ich erfuhr die traurige Geschichte von Urgroßmutter Helen, deren Mann tödlich verunglückte, während sie mit ihren beiden Kindern unterwegs von Irland nach Amerika war. Sie betrat als Witwe das Land, in dem sie mit ihm ein neues, besseres Leben beginnen wollte. Mutig und tapfer nahm sie ihr Schicksal in die Hand und hat es geschafft. Die Vorfahren meiner Mutter sollen aus Frank-reich sein … Und da gab es noch …

»Und das sind nur die, die wir kennen. Da gibt es noch viele, von denen wir nichts wissen, und doch trägst du von allen etwas in dir.« Ich sah Legionen von Vorfahren vor mir.

»Vielleicht waren auch welche aus Italien, aus Rom dabei«, flüsterte ich leise vor mich hin.

»Vielleicht, wer kann das schon wissen«, bestätigte Großmutter abwesend. Sie weilte gerade in einer anderen Zeit, in einer anderen Welt.

Zum ersten Mal betrachtete ich meine Großmutter ganz bewusst. Wie schön sie war, so jugendlich und voller Lebendigkeit. In ihrer Gelassenheit ähnelte sie Grace. Nur war sie fröhlicher und temperamentvoller. Oh, wie ich diese humorvolle, tapfere kleine Frau in diesem Moment liebte.

## 26

Zaghaft geht Sarah in die Freiheit hinaus. Es ist ganz anders, als sie es sich vorgestellt hat, viel unspektakulärer und doch überwältigend. Da ist so viel Platz, so viel Raum, so viel Licht, da gibt es so viele Geräusche und Stimmen. Das halbe Jahr im Gefängnis war unendlich lang — und kurz zugleich. Sie ist heute eine andere Frau als diejenige, die damals das Gefängnis betreten hatte. Tom kommt ihr entgegen, in der Hand hält er einen Strauß, kleine zartrosa Rosen. Ihre Lieblingsblumen. Er lächelt, aber es wirkt künstlich. Etwas steif und unsicher ist auch seine Umarmung. Dann nimmt er ihr die Tasche mit den wenigen Sachen ab und führt sie zum Taxi.

»Ich habe eine Suite im Regent Hotel gebucht«, erklärt er ihr und nennt dem Taxifahrer die Adresse. »Ich dachte, nach den letzten Monaten hast du etwas Luxus verdient. Außerdem willst du bestimmt nicht gleich von Journalisten und Kollegen überfallen werden.«

Seltsam, Sarah hatte sich nie Gedanken darübergemacht, was sie unmittelbar nach der Entlassung tun würde. Sie hatte immer nur an den Augenblick gedacht, in dem sie durch die Tür ins Freie treten würde. Wenn sie an die Freiheit gedacht hatte, so an Dinge wie das Frei-Sein an sich. Gehen zu können, wohin sie wollte. Schlafen, essen, duschen, wann immer sie wollte. Allein sein oder unter Menschen zu gehen, wie sie selbst es entschied. Und abends sich in ein Bett mit frischer, duftender Bettwäsche legen zu können. Wo dieses Bett stehen würde, hatte sie sich nicht ausgemalt. Auch nicht, wie sie Tom begegnen würde. Genau genommen hatte sie kaum noch an ihn gedacht. Dabei war es doch selbstverständlich, dass er sie abholen würde, so selbstverständlich wie er ihr einen Anwalt besorgt und ihr kleine Wünsche erfüllt hatte. Er war nur einfach da, nicht weniger, aber auch nicht mehr.

Befangen betritt Sarah an Toms Seite die vornehme Hotellobby. Würde ihr jeder ansehen, woher sie kommt? Niemand scheint sie zu beachten. Sie fühlt sich erleichtert, als sie in der Suite in einem der oberen Stockwerke ist.

Es sind zwei große, luxuriös eingerichtete Räume und ein herrliches Bad. Die Pracht ist überwältigend, trotzdem stellt sich bei Sarah kein echtes Glücksgefühl ein. Etwas hilflos sieht sich Sarah um. Mein Gott, wie groß alles ist.

Durch die Fenster bietet sich ihr ein traumhafter Blick über die Stadt. Tom ist durch ihr Schweigen irritiert.

»Sarah, gefällt es dir nicht?«

»Doch, natürlich, es ist wunderbar.« Im selben Moment weiß sie, dass sie solchen Luxus am wenigsten vermisst hat. Sie erinnert sich an ihre Phantasiereisen, die ihr während der Zeit der Gefangenschaft Freiheit bedeutet hatten. Es waren Ausflüge auf sommerliche Blumenwiesen, in schattige, würzig duftende Wälder und an friedliche Strände bei Sonnenuntergang.

Es klopft an der Tür. Sarah zuckt zusammen. Es ist ein Kellner. Er bringt einen Kühler mit Champagner und zwei Gläser. Nachdem er gegangen ist, schenkt Tom ein.

»Auf dein Wohl, Sarah!«

Der Champagner ist kalt und prickelnd. Sarah spürt, wie er kühl den Mund füllt und dann ihre Speiseröhre durchfließt, in ihren Kreislauf gelangt und mit ihrem Blut den ganzen Körper durchströmt. Ein angenehmer Taumel erfasst sie. Die Welt beginnt sich um sie zu drehen, und Sarah findet plötzlich alles reichlich komisch.

»Ich glaube, ich bekomme einen Schwips. In dem Hotel, wo ich zuletzt wohnte, gab es keinen Alkohol.«

»Hast du Hunger? Vielleicht sollten wir etwas essen?«

»Ja, ich denke, ich werde heute die Speisekarte von oben bis unten durchessen. Aber zuerst will ich ausgiebig baden.«

»Tu alles, wonach dir zumute ist. Ich habe dir einige deiner Kleider mitgebracht.«

Das Bad ist riesengroß. Alles ist so unwirklich großartig. Sarah fühlt sich wie in einer Filmkulisse. Sie lässt die Badewanne einlaufen und entkleidet sich. Dann betrachtet sie sich in dem großen Kristallspiegel, der über die ganze Breite des Raumes reicht. Wie schmal sind ihr Gesicht und ihr Körper geworden. Ihre Haut schimmert sehr blass, ihre Augen wirken dadurch riesengroß. Sie hatte beinahe vergessen, wie sie aussieht. Ihr Körper war ihr fremd geworden, sie hatte ihn kaum noch wahrgenommen. Sie muss erst wieder lernen, ihn zu fühlen. Überhaupt, vieles muss sie neu kennen lernen, nichts ist mehr selbstverständlich.

Sarah versinkt in einem Meer voll von herrlich duftendem Schaum. Sie schließt die Augen, genießt das warme Wasser, das sie sanft umspült, und versinkt in einer wohltuenden Unendlichkeit.

»Sarah, geht es dir gut, ist alles okay?« Toms Stimme klingt besorgt.

»Ja, ja, ich komme gleich.«

Sie seift sich ein, braust sich kühl ab und steigt aus der Wanne. Dann wickelt sie sich eines der flauschigen Handtücher um den Körper und föhnt ihre Haare. Anschließend schlüpft sie in eines der Kleider, die ihr Tom mitgebracht hat. Es schlackert lose um ihren Körper. Sie probiert ein weiteres, das auch nicht besser passt. Diese Modenschau kommt ihr lächerlich vor. Sie findet in ihrer Handtasche einen Lippenstift, mit dem sie sich die Lippen zartrosa nachzieht. In Ermangelung weiterer Kosmetika benutzt sie ihn auch als Wangenrouge. Wenigstens sieht sie nun etwas frischer aus. Tom blickt ihr erwartungsvoll entgegen.

»Ich befürchte, ich habe nichts dabei, womit ich mich im Speisesaal dieses Hauses sehen lassen kann. Ich denke, wir müssen hier im Zimmer essen.«

»Unten gibt es eine Boutique. Ich kann dir etwas holen. Sicher geben sie mir eine Auswahl mit. Sie haben auch Abendkleider. Sarah, du würdest bestimmt phantastisch darin aussehen.«

»Nein, ich habe weder Schmuck noch irgendwelche Kosmetika dabei.«

»Unten ist ein Juwelier und eine Drogerie.«

Sarah mustert ihn nachdenklich.

»Ich besorge dir gerne alles, was dir fehlt.«

Hat Tom Angst, mit ihr allein zu bleiben? Sie blickt ihn fest an. »Nein, ich denke, ich möchte lieber hier essen. Meine Gesellschaft muss dir genügen.«

»Ich dachte nur, du wolltest ... nach allem ...«

»Ich möchte in diesem Zimmer essen, in meinen Kleidern. Ich möchte mich nicht stylen, und deine Gesellschaft genügt mir.«

»Sarah, es ist dein Tag«, fügt sich Tom ergeben.

Ja, heute wird er alles tun, was sie will. Alles? Sarah fühlt kurz einen kleinen Triumph. Als sie die Speisekarte durchblättert, überkommt sie Heißhunger. Das reichhaltige Angebot lässt ihr das Wasser im Mund zusammenlaufen. Sie bestellt Vor-, Haupt- und Nachspeise. Kurz darauf wird das Essen serviert. Sie essen mehr oder weniger schweigend. Sarah ist viel schneller satt, als der Hunger sie glauben ließ.

»Was ist, Sarah? Schmeckt es dir nicht?«

»Mein Appetit war größer als mein Magen. Ich kann nicht mehr so viel essen.«

Ängstlich ist Tom bemüht, ihr alles recht zu machen. Er sieht sie unsicher an.

Wird er jetzt alles tun, was sie von ihm verlangt? Wird er sie auch lieben, wenn sie es will? Kann sie ihn wiederhaben?

»Wie geht es Shirley?«

Tom errötet.

»Es geht ihr gut. Sie ist sehr erleichtert darüber, dass alles für dich so gut ausgegangen ist. Ja, ja, ich weiß, aber sie hat wirklich unter den Ereignissen gelitten. Ehrlich, Sarah, auch wenn du es nicht glauben kannst.« Sarah betrachtet ihn ernst.

»Schon gut, Tom, ich sehe Shirley nicht mehr als meine Feindin. Die Welt, das Leben ist nicht mehr das, was es vor einigen Monaten war. Tom, ich bin frei und werde neu beginnen. Und du, Tom ... du bist auch frei.«

»Sarah ...«

»Ich glaube, Shirley passt ganz gut zu dir. Ich werde nach Hause fliegen und etwas Anderes, etwas Neues beginnen. Vielleicht sogar noch einmal studieren, Jura oder Medizin.«

Tom atmet spürbar auf.

Es ist ihre letzte gemeinsame Nacht, gefüllt mit Gesprächen über eine Vergangenheit, die gerade endet, und eine Zukunft, die im selben Moment beginnt. Irgendwann schlafen sie auf den bequemen breiten Sitzmöbeln ein. Das luxuriöse Bett bleibt unberührt.

Shirley blickt Tom ängstlich und erwartungsvoll entgegen. Er geht schnell auf sie zu, umarmt sie, flüstert ihr etwas ins Ohr. Ihr Blick hellt sich auf. Sie lacht, sie strahlt. Sie gehen zum Strand, wo sie herumalbern. Ein junges Paar, glücklich und unbeschwert, als hätte es die Monate davor nicht gegeben. Sie erinnern mich an ein anderes Paar, an eines, vor unendlich langer Zeit.

Ich sehe ein neues Bild. Shirley und Tom schlendern durch eine Stadt mit alten Häusern und engen Gassen. Sie betreten kleine Läden. Shirley schlüpft in bunte Kleider. Tom legt ihr Schmuck um, und sie probieren Ringe. Er macht Fotos. Shirley posiert ausgelassen. Sie ist braun gebrannt, und in ihren Augen liegt ein zarter Schmelz. Es ist eine alte, aber sehr lebendige Stadt. Sie sind in Rom. Forum Romanum, Kolosseum, Basilica Aemilia, Via Appia. Vertraute Bilder. Cappuccino, Tagliatelle, Bardolino, Chianti. Shirley kämpft mit den längsten Spaghetti, die sie jemals aß. Tom versucht ihr zu zeigen, wie es bessergeht. Um sie herum ist Musik. Sie tanzen bis in die Morgenstunden, torkeln liebestrunken über die Spanische Treppe, zählen die Stufen, die steil hinaufführen, in den Himmel, ins Glück.

Alles beginnt neu. Aus dem Drama ist ein Kriminalroman und zuletzt eine Liebesgeschichte geworden. Der Kreis hat sich geschlossen. Der Tag, das Spiel, das Jahr, die Liebe.

Ich bin mit ihnen in Rom. Ich verliere mich in den Bildern. Fontana di Trevi. Shirley wirft Münzen hinein. Es waren drei. Drei Münzen bewirken ewiges Liebesglück, hatte mir einmal jemand gesagt. Wer war das nur? Sehnsucht lodert in mir auf. Ich male immer weiter an den schönen Bildern. Quirinal, Esquilin, Pincio, Gianicolo, die ewige Stadt zu meinen Füßen.

Abrupt stehe ich auf. Ich suche nach einem Zettel. Es ist ein Zettel mit einer Telefonnummer. Aufgeregt durchwühle ich meine Kleider. Ich finde ihn, klein und zerknittert in meinen Shorts. Die Zahlen sind kaum mehr lesbar. Hoffentlich stimmt die Nummer noch. Mit zitternden Fingern wähle ich. Es scheint mir eine Ewigkeit zu dauern. Dann endlich meldet sich seine Stimme.

»Robert, fliegst du mit mir nach Rom?«

# Die Autorin

Ein Jahr in Maine, hatte sich die Autorin Christine Brendle gewünscht, nachdem sie mit 30 Jahren und drei kleinen Kindern Witwe wurde. Einmal dort nicht nur Urlaub machen, wie früher mit Mann und Familie, sondern alle Jahreszeiten und den Alltag erleben. Drei Jahre nach dem schmerzhaften Einschnitt in ihr Leben hat sie es geschafft. Es wurde ihre wichtigste Erfahrung. Danach war sie mutiger, hatte mehr Selbstvertrauen. Und die Bilder von Maine fanden Eingang in ihren ersten Roman.

Geboren ist die Autorin 1951 in Österreich, in der Nähe des Bodensee. Nachdem sie mit sieben Jahren ihr erstes Buch gelesen hatte, war sie von Literatur infiziert. Und sie wollte immer schon nach Amerika, spätestens nachdem eine Nachbarin nach Amerika flog wegen einer Erbangelegenheit, und wundervolle Dinge mitbrachte, so auch durchsichtige Stöckelschuhe. Es musste ein großartiges Land sein, dachte das Kind.

Nachdem ihr zweiter großer Traum, der von einer glücklichen Familie, durch den Tod des Ehemannes in tausend Splitter zersprang, erinnerte sie sich wieder an ihre anderen Träume, immer noch, oder erst recht: Amerika und Literatur. In den Jahren nach Maine wurde sie Autorin und später Verlegerin. Es war nur konsequent ihre Träume auch in einem Roman zu vereinen. Entstanden ist ein Liebeskrimi voller Abenteuer, der von Angst und Mut erzählt, von Sehnsucht und inneren Zweifeln und Träumen die größer und stärker sind.

Die drei Kinder sind inzwischen erwachsen, haben eigene Familien und haben sie mit sechs wundervollen Enkelkindern beschenkt. Literatur und kreatives Schaffen, wie wunderbare Reisen und Erfahrungen, sind auch heute noch die Elemente aus denen sie ihre Energie bezieht. Die schwierigen Zeiten? Schwamm drüber. Das Leben ist schön. Die schönsten Tage waren mindestens so schön, wie die schwierigen schwierig waren.